ODYSSÉE

La malédiction
des pierres noires

© Éditions Flammarion, 2006.
© Éditions Flammarion pour la présente édition, 2009.
87, quai Panhard et Levassor – 75647 Paris cedex 13
ISBN : 978-2-0812-2636-4

MICHEL HONAKER

ODYSSÉE

La malédiction des pierres noires

Castor Poche Flammarion

Au commencement du monde était Chaos, le Désordre.

Il fracassait l'univers au hasard de sa course folle et de cette confusion naquirent la Terre-Mère et Ouranos, le Ciel. De leur union, on vit naître bientôt les rivières et les océans, les forêts et les montagnes, lesquels se peuplèrent bientôt d'animaux, et de créatures gigantesques destinées à régner sur ce nouveau monde : les Titans.

Mais ces brutes hautes comme des montagnes ébranlaient la Terre sous leurs pas pesants et leurs jeux stupides, aussi Ouranos décida-t-il de les jeter au fond d'un gouffre. Chronos, le plus fort d'entre eux, se révolta contre sa sentence et, une nuit, il le captura et l'enchaîna à jamais en le privant de tout pouvoir.

Ainsi la race des Titans régna sans partage et Chronos devint leur roi. Il épousa sa sœur

Rhéa dont il eut une nombreuse descendance, mais il se rendit compte bien vite que ses enfants étaient des créatures plus puissantes et plus intelligentes que lui. Craignant d'avoir un jour à leur céder son trône, il préféra les dévorer dès la naissance.

Quand son sixième rejeton vit le jour, la malheureuse Rhéa imagina un stratagème pour lui épargner un si terrible destin : elle le cacha dans les montagnes de Grèce et mit à sa place un rocher dans le berceau. Chronos passa et l'avala d'un coup, selon son habitude, sans se douter un instant de la supercherie. Ce fils qui réchappa à son appétit féroce s'appelait Zeus. Il serait mort de faim et de froid si une chèvre du nom d'Amalthée, l'ayant découvert pleurant et vagissant, ne lui avait offert son lait, grâce auquel il grandit et devint fort.

Durant son enfance, Zeus dut se cacher dans les monts glacés, vivant à l'écart pour ne pas être repéré par les Titans. Il grandit dans l'adversité et la solitude jusqu'au jour où il devint assez puissant pour se venger de Chronos. Il l'épia de loin qui semait la terreur sur le monde, puis, une nuit, il le surprit qui dormait sous une montagne. Il l'enchaîna par surprise et lui fit avaler un poison qui l'obligea à vomir ses frères et ses sœurs, lesquels étaient encore vivants dans ses entrailles. Ainsi Zeus retrouva ses aînés, Poséidon et Hadès, avec lesquels il partagea le monde. À leurs côtés, il combattit la rébellion de ses oncles les Titans qui entendaient délivrer leur roi Chronos. Après dix ans d'une terrible guerre, il remporta la victoire en les emprisonnant sous terre et s'érigea en maître incontesté de l'univers.

Il devint un dieu et, comme tous les dieux, il désira des créatures intelligentes et loyales pour le vénérer, mais assez inoffensives pour ne jamais menacer son trône. Alors, il façonna de ses mains une race nouvelle : les Hommes...

Chant des anciens temps

Chapitre 1

Les intrus dans la cité

La côte de Dardanie, sur la mer Égée. En des âges sombres...

Le crépuscule glissait sur la plaine de Troie, poussant le vent de sable jusqu'au pied des puissantes murailles de la ville assiégée. Les catapultes et les tourelles d'assaut, formidables machines de guerre dressées par l'envahisseur grec, s'estompèrent peu à peu dans ce nuage ambré, insectes géants figés dans l'attente. Le dernier assaut des Achéens avait reflué comme la marée, aussi vain que les précédents, remportant ses agonisants. Depuis neuf ans, l'armée de l'Alliance campait au pied de la redoutable cité sans parvenir à l'abattre. Les deux camps s'affrontaient en un combat sans merci, se blessant mutuellement à mort. Ce soir, comme les autres soirs, la mort avait tiré son linceul de silence et d'horreur sur ces cadavres emmêlés, déjà oubliés, inutiles. Troie la Magnifique, phare de la mer Noire, n'était plus qu'une forteresse branlante et lézardée, vacillant sur la mer. Au-dessus des créneaux acérés, les flambeaux vacillaient dans le clair-obscur, révélant furtivement les armures des sentinelles perpétuellement aux aguets...

Profitant des tourbillons, l'homme jusqu'alors tapi dans un creux de ravin se souleva lentement en dispersant la poussière accumulée sur son manteau en peau de bouc. Il se tenait là depuis des heures, face contre terre, à seulement quelques jets de lance des murailles, si parfaitement immobile que les guetteurs ennemis ne l'avaient pas différencié des rochers environnants. Quand il bondit à découvert, sa longue chevelure d'un blond cendré flottant jusqu'au milieu de ses omoplates à la mode achéenne, ses trois compagnons l'imitèrent aussitôt et se regroupèrent autour de lui en attendant ses ordres. Alors, il tourna sa belle figure hâlée, étamée par une légère barbe, en direction de la cité insoumise et murmura :

— Pour Agamemnon et pour les Grecs !

Aussitôt, il se mit à courir à travers les bourrasques, enjambant les broussailles vagabondes, évitant les cadavres et les débris d'armures et de boucliers. À peine si ses sandales à lacets de cuir touchaient terre et, se repérant dans cette tempête avec la sûreté d'un scorpion, il s'enfonça parmi les vestiges oubliés d'une ancienne demeure de maître. Il s'adossa à une colonne brisée et attendit non sans impatience que ses alliés le rejoignent. Ils arrivèrent enfin, essoufflés mais réjouis d'avoir atteint leur objectif sans avoir été repérés depuis les remparts.

— Cette tempête tombe à point! apprécia le plus massif aux cheveux noués en chignon. Tu vas nous dire que tu l'avais également prévue, Ulysse?

Le jeune chef achéen esquissa un sourire et dégagea de son manteau une épée aux courbes venimeuses. S'il existait dans l'armée d'Agamemnon des guerriers plus puissants, peu égalaient la force naturelle et la souplesse de félin du général Ulysse Odysseus. Aussi Ajax de Salamine, en dépit de ses proportions de géant, regretta-t-il de l'avoir si rudement interpellé.

— Mon brillant ami, répondit simplement Ulysse d'une voix posée, je suis comme toi terré depuis neuf ans sur ce rivage maudit. J'ai pris le temps d'étudier les marées et la couleur du ciel. Quand il vire à l'orange le matin, la tempête de sable n'est jamais loin le soir.

— En tout cas, personne n'avait jamais atteint ces ruines sans être criblé de flèches, constata un jeune guerrier râblé à la barbiche noire et aux épais sourcils. Parole de Diomède! J'ai déjà essayé! D'ici, on a un beau point de vue sur la porte Sud...

Sans daigner répondre à son lieutenant, Ulysse scruta ces décombres qui évoquaient le souvenir d'une résidence luxueuse. Dans le temps, ces salles éventrées avaient sans doute abrité des banquets et des réjouissances de toutes sortes, et leurs coupoles avaient dû résonner du chant des lyres et du rire des convives. Aujourd'hui, seul le vent y répétait sa complainte.

— En tout cas, ton informatrice n'est pas au rendez-vous! nota le troisième larron qui arborait une barbiche grisonnante et pointue et semblait s'effrayer du premier courant d'air. Cette expédition est une folie, Ulysse! D'ailleurs, j'ai toujours su que tu étais fou! Qui ferait confiance à une gamine inconnue?

Il interrompit son verbiage pour se tenir les reins avec une grimace de souffrance. Son corps décharné comme une amphore de vinaigre avait souffert de la longue attente.

— Que les dieux me pardonnent, maugréa-t-il, j'ai maintenant des reins en bronze. Ces jeux ne sont plus de mon âge!

— Je suis rarement d'accord avec ce poltron d'Épéios, estima Ajax, mais je crois que c'est un piège.

— Elle viendra, assura Ulysse qui continuait de fouiller les environs du regard, elle viendra, j'en suis certain.

— Qui te l'a dit? railla Ajax. Une prémonition?

— Fais-lui confiance, intervint Diomède toujours prêt à soutenir son général. Jusqu'ici, tu n'as pas eu à t'en plaindre!

Ulysse apprécia la confiance de son lieutenant, le seul véritable ami qu'il eût jamais gagné sur le champ de bataille. Les deux hommes dépassaient à peine la trentaine et partageaient le même goût pour les actions réfléchies et les propos mûris de préférence aux assauts aveugles. Ils avaient partagé les plus terribles heures de cette guerre interminable et se conseillaient mutuellement au gré des situations. Jamais le moindre différend ne surgissait entre eux et leurs pensées se rejoignaient comme deux affluents d'une même rivière. Ulysse ne prenait jamais les paroles de Diomède à la légère, aussi quand celui-ci approcha discrètement la bouche de son oreille, il accepta de l'écouter.

— J'espère que tu sais ce que tu fais... Ça ressemble à un traquenard ou je ne m'y connais pas.

— Cette enfant parlait le langage de la sincérité, répliqua le chef de guerre. J'aime suivre mon intuition.

— On aurait dû venir en nombre.

— Et nous faire repérer par les guetteurs ? Nous ne gagnerons pas cette guerre en attaquant de front en rangs serrés comme le pense Agamemnon. Il faut faire sauter le verrou de l'intérieur. Je me suis déjà faufilé dans la ville sous divers déguisements. J'ai vécu plusieurs jours parmi les Troyens sans qu'ils me remarquent et j'ai appris à les connaître. S'ils ont un défaut dans leur armure, c'est bien l'arrogance. C'est elle qui les a menés à cette situation. C'est elle qui les perdra.

— Mais d'où connais-tu cette gamine ? Et que t'a-t-elle promis exactement ?

— Elle m'a rendu visite la nuit dernière sous ma tente et m'a imploré de l'écouter... Elle me connaissait, sans que je sache comment. Elle m'a demandé de la rejoindre ici, car elle détenait un secret qu'elle était prête à me révéler.

— Personne n'entre dans notre camp sans alerter les sentinelles ? assura Ajax qui avait entendu l'échange. Est-elle humaine ou courant d'air ?

La réponse se présenta sans qu'il l'ait entendue arriver sur ses talons, sous les traits d'une bergère drapée d'un manteau grisâtre, appuyée sur un bâton à crosse. Elle devait avoir une douzaine d'années et ses cheveux noirs tombaient sur ses épaules fragiles tels des sarments de vigne. Accordant à peine attention aux autres, elle marcha droit sur Ulysse, et la poussière tissa un étrange halo dans son sillage. Ses yeux clairs et obliques de chat persan se posèrent sur le général achéen et, en dépit de son aplomb, celui-ci ne put s'empêcher de frissonner.

— Es-tu toujours décidé, Ulysse Odysseus ? demanda l'inconnue.

— Je suis prêt à tout pour remporter la victoire, répliqua ce dernier, notant qu'elle l'avait appelé par son nom complet, ainsi qu'on invoque un puissant héros. Je désire rentrer chez moi, en mon royaume d'Ithaque, pour retrouver ma femme, mon fils et mon trône. Cela te paraît-il une raison suffisante ?

— Alors je vais te montrer un passage qui te mènera sous une taverne à l'intérieur des murs. Elle se trouve non loin du temple d'Athéna. Le roi Priam y conserve le Palladion, le buste en émeraude d'Athéna. Attention, il est gardé par des prêtres, mais la tâche ne devrait pas être trop difficile pour toi. Si tu parviens à t'en emparer, alors la fin de Troie sera proche...

— Qui affirme cela? demanda Ulysse, soupçonneux.

— Les oracles, ceux qui parmi nous savent entendre la voix des dieux... Je les ai entendus l'autre nuit qui conversaient sur le marché, alors que je vendais mes fromages. Ils rapportaient les paroles de Cassandre en personne...

— Les oracles de Cassandre, pesta Diomède. La belle affaire! Personne n'y croit. La fille de Priam a perdu la raison.

— Toi le nabot, le sermonna Ajax, je t'interdis de blasphémer. Cassandre est la plus grande divinatrice de leur royaume.

— Mais personne ne l'écoute jamais!

— Le Palladion! frémit Épéios. On raconte que cette statuette a été offerte au roi Priam par la déesse en personne! Si nous le volons, on se mettra Athéna à dos. Je respecte la déesse, moi. Elle aime les charpentiers, à ce qu'il paraît, et corrige leurs plans!

— Il a raison, admit Ulysse. Athéna a toujours protégé Troie. Qu'en dis-tu, bergère ?

— C'était au temps où cette cité respectait les pactes sacrés, répondit l'adolescente d'une voix résolue, un temps où le roi Priam prodiguait la paix et favorisait les arts. Si vous avez peur, retournez à votre camp et oubliez-moi.

— Tout doux, petite ! lui répliqua Diomède. Tu es troyenne et Priam est ton roi, non ? Pourquoi nous aiderais-tu, nous autres Grecs ?

Ulysse n'intervint pas, préférant que l'indicatrice use de ses propres mots pour le convaincre à son tour. De fait, elle fixa Diomède si intensément que celui-ci se sentit chanceler sous la flamme argentée de son regard.

— Mon père et ma mère sont morts à cause de cette guerre absurde, expliqua-t-elle avec une touchante amertume. Je suis restée seule avec mes chèvres, grâce auxquelles j'ai réussi à survivre tout ce temps, comme le dieu Zeus dans son enfance. Je désire la même chose que vous : la fin de cette guerre inutile. Priam était un bon roi, avant qu'il ne laisse son fils lui imposer son autorité néfaste. Pâris s'est cru tout permis. Il a enlevé Hélène de Sparte à son mari Ménélas, et maintenant, regarde autour de toi : des ruines, des morts et des enfants qui pleurent de faim.

— Tu ne sembles guère aimer le prince Pâris, sonda Ulysse. On dit pourtant que c'est l'homme le plus beau de cette contrée et qu'il fut berger comme toi dans sa jeunesse...

— C'est une légende qu'il a répandue pour attendrir le peuple. En vérité, il rêve du trône depuis toujours. Son frère Hector étant mort au combat, il a maintenant le champ libre et chacun peut juger de son orgueil démesuré.

La fillette laissa vaguer son regard empreint de mélancolie sur le champ de bataille que labouraient les embruns de sable, avant d'ajouter à l'intention d'Ulysse :

— C'est parce que la cité abrite encore le Palladion, le don de la déesse de la Sagesse, qu'elle résiste à tes machines de guerre.

— Pourquoi Athéna ne le reprend-elle pas en personne ? suggéra Ulysse. Les déesses ne peuvent-elles pas tout ?

— Ce qu'une déesse donne, répondit la bergère d'une voix grave, elle ne peut le reprendre de ses mains.

— Ah, la politique ! sourit Diomède.

— Elle a la langue bien pendue cette Troyenne ! gronda Ajax, toujours méfiant. Si on la lui coupait ?

— Pas avant qu'elle ne nous ait montré l'entrée du passage, brute barbare! intervint le maigre Épéios en s'interposant avec un courage dont il n'était guère coutumier. Parle, petite! Où est-il?

Sans daigner répondre, la bergère baissa les yeux et, s'agenouillant aux pieds des hommes, elle souffla la poussière au-dessus d'une dalle sculptée, révélant les contours d'une imposante gravure de Poséidon, le dieu des Mers, armé de son lourd trident et chevauchant des chevaux d'écume. À la vue du titan hirsute qui semblait menacer les intrus, Ajax et les autres eurent un mouvement de recul. Sans s'émouvoir, Ulysse ausculta les contours musculeux rendus par l'artiste. Il avait pour ancêtres les Hommes de la Mer, ces pirates découvreurs d'îles auxquels son père Laërte avait appartenu, mais il se considérait comme affranchi de ses origines et préférait de loin le murmure des sources, l'ombrage des oliviers à la furie des marées. Aussi ne portait-il pas Poséidon dans son cœur, lui qui levait les tempêtes tueuses et broyait les navires.

— C'est l'entrée, assura-t-elle. Les Cicones passent par là, mais ils ne sont pas venus depuis longtemps.

— Les Cicones ? frémit Épéios en regardant craintivement autour de lui. Je préfère encore les Troyens à ces gnomes barbares.

— J'en ai vu une fois qui rôdaient autour de nos tentes, attesta Ajax. Ils n'ont pas leur pareil pour se faufiler partout et piller armes et vivres afin de les revendre à nos ennemis. Ils sont aux armées ce que les tiques sont aux chiens.

Pendant ce temps, Ulysse avait partiellement soulevé le lourd carré de céramique.

— Ajax, suggéra-t-il, c'est un travail pour ta force sans égale... Je n'y arrive plus.

— Tu me demandes de commettre un sacrilège ! protesta le prince de Salamine. Déplacer l'image d'un dieu, ce n'est pas bien... Surtout s'il s'agit de Poséidon, le plus coléreux de tous !

— Si le plus fort d'entre nous a peur d'une gravure, soupira Ulysse, demandons au plus habile : Épéios !

— Pourquoi moi ? se récria le chétif barbichu.

Il sut pourtant qu'il devait s'exécuter, même à contrecœur. Il ne se séparait jamais de ses instruments de charpentier et fouillait déjà sa besace de cuir pour cueillir ciseaux, piolets et marteau quand Ajax ulcéré l'écarta du bras :

— Je ne laisserai pas un avorton accomplir le travail d'un héros, abdiqua-t-il, mais vous êtes témoins que j'agis contre ma volonté.

Le puissant guerrier au chignon s'arc-bouta et acheva d'agrandir l'orifice secret, juste assez large pour permettre le passage d'un homme.

— Que le dieu des Mers t'avale, Odysseus, marmonna-t-il, toi et ta langue empoisonnée !

La bergère s'était déjà glissée dans l'ouverture. Ulysse la suivit sans plus s'interroger. Il trouva sous ses semelles un étroit escalier de pierre qui s'enfonçait à plusieurs mètres sous la terre. Ses compagnons le rejoignirent dans le noir.

— Épéios, de la lumière ! ordonna le général achéen.

Le maître charpentier frotta consciencieusement les deux silex de son briquet dans un peu de paille et bientôt une flamme claire s'éleva, à laquelle il exposa l'extrémité des torches dont il avait la charge. Il les distribua à ses camarades et la clarté bienfaisante révéla les contours d'un tunnel qui forait les profondeurs en direction de la cité. Ulysse inspecta le sol sablonneux où des traces fraîches de pieds nus indiquaient des allées et venues récentes.

— Cicones, indiqua-t-il, et lourdement chargés.

Il connaissait de longue date la raison pour laquelle Troie avait résisté à l'armée grecque en dépit du blocus. Il existait des dizaines de passages semblables disséminés dans les environs, hors de vue des guetteurs grecs, par lesquels étaient acheminés des flots de marchandises. Ce florissant commerce secret faisait la joie de nombreuses tribus des environs, ou des contrebandiers plus lointains tels que les cruels Cicones. Tandis qu'Ulysse s'avançait en balançant sa torche de droite et de gauche, Ajax maugréa :

— Une guerre se gagne au champ d'honneur, dans la poussière et le sang, comme le répétait mon seigneur Achille... Pas dans les égouts. C'est offenser les dieux qu'agir par ruse comme des serpents.

— Mais Achille est mort, répliqua Ulysse avec bon sens, et nous le suivrons bientôt jusqu'au dernier si nous ne trouvons pas un moyen d'abattre ces remparts. Si les dieux ont la sagesse que tu leur prêtes, ils seront de mon avis : peu importe la manière dès lors que ce carnage inutile prendra fin.

Ajax haussa ses lourdes épaules : il tenait Ulysse pour un homme irrespectueux des puissances de l'Olympe — ce qui était à ses yeux une offense impardonnable — et s'il n'avait été démangé par l'idée d'un coup de force audacieux, il n'aurait certainement jamais accompagné ce libre-penseur. En attendant, ils devaient faire cause commune et allier leurs savoir-faire pour voler le Palladion.

— Eh! s'écria soudain Diomède. La bergère! Où est-elle passée?

— Elle était là devant moi! s'étonna Épéios.

— Petite vipère, pesta Ajax, si je la retrouve, je...

Ulysse chercha la fillette des yeux. D'une façon ou d'une autre, elle était parvenue à leur fausser compagnie sans éveiller leur attention. Une porte basse étayée par des poutres carrées barra le passage et vint clore le débat. Elle était solidement verrouillée, aussi Épéios tira-t-il naturellement ses outils pour en déjouer la serrure. Ajax donna le dernier coup d'épaule et le petit groupe déboucha dans une cave tapissée jusqu'au plafond d'amphores de tailles diverses. L'air sentait le vin et les épices, ce qui fit chavirer les papilles des Achéens, guère habitués à tant de bienfaits. Ajax écarta les toiles d'araignée et palpait déjà ces cruches appétissantes quand Ulysse coupa court à ses projets.

— On ne touche à rien! intima-t-il.

— Quel pisse-froid! enragea le colosse. J'ai plus de sable dans la gorge qu'un ver de terre.

Ulysse lui intima le silence. Des rires avaient fusé au-dessus de leurs têtes, accompagnés de rugissements paillards. À cette heure tardive, la taverne devait grouiller de ceux qui étaient encore assez riches pour s'offrir un pichet. Ulysse saisit son épée et taillada son manteau avant d'ôter ses sandales. Puis il ramassa de la terre pour s'en passer sur le visage et s'en prit de même à ses alliés hébétés.

— C'en est fait! gémit Épéios. Il a perdu l'esprit!

— Ça ne date pas d'aujourd'hui! soupira Ajax.

— Vous deux, ordonna Ulysse, restez cachés ici et attendez notre retour. Nous vous appellerons en cas de besoin. Diomède seul m'accompagne.

— À quoi rime ce barbouillage? se plaignit son ami.

— Les Troyens savent que nous nous lavons dans la mer et c'est un luxe dont nous les privons depuis des années. Si nous apparaissons sales et puants, nous éveillerons moins leur attention.

— C'est pour cela que tu nous interdis de nous laver depuis trois jours? s'étrangla Diomède.

Ulysse gravissait déjà l'escalier et, soulevant la trappe du plafond, il risqua un œil. Malgré lui, un juron de déconvenue lui monta aux lèvres. C'était bien une taverne, ainsi que l'avait indiqué la bergère. Une taverne où des dizaines de soldats troyens trinquaient en braillant à la gloire du prince Pâris...

Chapitre 2

Les serpents de Cassandre

— Grand Roi mon père, les Grecs sont dans la ville...

Perdu dans l'ombre des orangers qui ondulaient sur la terrasse, le roi Priam ignora cet avertissement. Il appuya ses bras décharnés sur la rambarde du balcon et considéra avec amertume les vestiges de sa puissance qu'estompait le crépuscule. Troie n'était autrefois qu'un port obscur, un simple comptoir d'embarquement où convergeaient les caravanes venues de l'Orient. Le vieux monarque avait consacré sa vie à la transformer et la polir telle une pierre précieuse, jusqu'à élever une forteresse incontournable, grouillante d'activité et de vie. Il avait rempli les coffres en imposant des droits de passage, favorisé le commerce et les arts tout en dédiant aux dieux des temples étincelants et des statues titanesques. Il avait instauré des fêtes où se pratiquait en leur honneur le sacrifice des bœufs et des moutons sacrés et s'était assuré, pensait-il, de leur protection pour des générations. Que restait-il à présent de ces temps d'abondance ? Une carcasse fissurée de toutes parts, agonisante et meurtrie, sillonnée de rues désertes où errait un peuple misérable et affamé. Les murs de son propre palais, fissurés et noircis par des myriades de projectiles, témoignaient de la rage des catapultes ennemies. Ce siège interminable avait dévasté l'œuvre de sa vie, et son trône, et sa famille. Inconsolable, Priam pleurait encore son fils aîné Hector, mort au combat, abattu par le héros grec Achille. Hector, l'héritier désigné, le plus vaillant des Troyens...

— Grand Roi mon père... reprit la voix plus insistante. Je t'en conjure, écoute-moi... Les Grecs sont dans la ville. Le vent du crépuscule les a amenés. J'ai cru reconnaître Ulysse aux mille ruses... C'est de lui que viendra notre perte.

Priam consentit à s'arracher à sa rêverie morose et revint vers la jeune femme enveloppée de voiles sombres qui, agenouillée sur le dallage, au pied de la fontaine, semblait captivée par le dessin que formait le sable sous ses doigts, le sable apporté de la plaine... Ses grands yeux noirs, accusés par cette encre dérobée aux caravanes par les Cicones, paraissaient deux gouffres profonds égarés dans la lumière des flambeaux. Sa beauté d'antan avait déserté son visage étroit et ses joues creusées tel un lit de rivière asséchée. Sa bouche prématurément flétrie n'accueillait plus ni sourires ni paroles aimables, seulement ces immondes prophéties auxquelles à la longue plus personne ne prêtait attention.

— Cassandre, mon enfant, soupira Priam avec indulgence, il ne se passe pas un jour sans que tu ne m'annonces que les Grecs sont dans la ville et que notre fin est proche...

La devineresse, longue et souple comme un roseau sous ses amples voiles, modifia sa posture et fit jaillir entre ses mains deux serpents blancs dont les langues bifides vinrent effleurer ses joues. Priam esquissa un mouvement de recul devant ce prodige maléfique tandis qu'elle leur parlait et les caressait comme s'il s'agissait d'inoffensifs animaux de compagnie. Ces manifestations du pouvoir obscur des dieux lui déplaisaient au plus haut point, car, dépassant son entendement, elles le ramenaient à son impuissance face aux forces divines.

— Fou que tu es, murmura Cassandre, de ne pas voir ce que je vois et de ne pas entendre ce que je dis.

Elle ferma ses paupières et parut pénétrer dans un autre monde, un monde intérieur où s'agitaient des cauchemars dont Priam répugnait à en imaginer seulement les contours. Il grimaça de dégoût en observant les vipères lascives qui s'enroulaient autour des épaules et du cou de sa fille.

— Cassandre, tu perdras la raison à vouloir déchiffrer la pensée des dieux.

— Tu serais bien avisé d'écouter mes présages, répliqua l'oracle d'une voix éteinte, égarée dans son songe éveillé. Mon frère Pâris te berce avec ses paroles de miel et nous entraîne vers l'abîme.

— Aucun de tes présages ne s'est jamais réalisé, observa le roi de Troie avec douceur.

— Tous au contraire, s'insurgea la jeune femme, mais à l'insu du regard des hommes car c'est ma destinée de ne jamais être crue. Je paye ainsi chèrement mes fautes anciennes... Apollon m'a repris en partie ce que je lui avais volé.

Elle écarquilla soudain les yeux, comme si une vision plus précise l'avait soudain traversée. Elle répandit une poignée de cendre sur les dalles et jeta à la volée des tablettes noires de forme irrégulière et gravées de symboles obscurs. Priam avait entendu parler de la force de ces talismans anciens, qui avaient appartenu à des peuplades oubliées et, malgré lui, il suivit leur roulement incertain. Quand elles se furent figées, évoquant par leur disposition la figure d'une femme endormie, Cassandre agita ses bras et ondula au-dessus des pierres telle une danseuse, griffant l'air de ses ongles longs. Les torches vacillèrent. Des ombres rampèrent autour de la magicienne et Priam sentit un frisson le glacer de la tête aux pieds.

— Je n'aime pas ces tours, grommela-t-il. Réserve-les pour ces sinistres cavernes que sont devenus tes appartements!

— Ils sont ici, je le sais... psalmodia Cassandre d'une voix portée par sa transe. Ils avancent sous la terre, tels des vers. Athéna les entoure de brume. Elle est vouée aux Grecs désormais, et s'est choisi Ulysse pour bras armé.

— C'est impossible, s'alarma Priam. Athéna a toujours lutté dans notre camp. Les dieux auraient changé d'humeur à notre égard?

— Nous avons trop abusé de sa patience et de celle de Zeus. Grand Roi mon père, je ne comprends pas le projet de ces intrus, mais ce n'est pas de bon augure.

— Tu te fais des idées, chère enfant. Quelle raison les dieux auraient-ils de nous délaisser après nous avoir si tendrement protégés? Après neuf ans de siège, les Grecs n'ont pas forcé nos murailles et les rapports de nos espions le confirment : ils aspirent tous à regagner leurs royaumes délaissés. Nous serons de taille à lutter neuf ans de plus si nécessaire.

— Ce sont les paroles de Pâris, nota Cassandre, et non les tiennes. Il a perverti ton esprit au point que tu ne distingues plus le rêve de la réalité.

— Quand bien même l'Olympe tout entier nous tournerait le dos, il resterait notre alliance avec Poséidon. Il protège notre commerce maritime depuis des siècles. Nous lui avons élevé le plus colossal des temples et érigé une statue digne de lui.

— Le sable est partout, ce soir, ne vois-tu pas? Les prêtresses assurent qu'il est entré dans le temple de Zeus... Le sable du lointain, venu des déserts d'Afrique... Ce n'était jamais arrivé auparavant.

— Apaise-toi, mon enfant, cajola Priam. Rien ne peut nous arriver. Et si d'aventure les Grecs ont infiltré de nouveaux espions entre nos murs, eh bien ils comprendront vite leur erreur. Il nous reste des armes, de terribles armes...

Il caressa doucement les cheveux noirs et rêches de sa fille, ainsi qu'il le faisait quand elle était enfant et venait se blottir dans ses bras, effrayée par un grondement du tonnerre. Temps passé. Temps à jamais perdu. Les vipères blanches retournèrent soudain en sifflant dans les profondeurs de la robe.

Un courant d'air fit voleter les tentures et deux hommes firent irruption sur la terrasse.

Le prince Pâris était très jeune, avec un visage d'une beauté enfantine rappelant celui d'Éros, le dieu de l'Amour. Ses lèvres pleines émergeaient d'un fouillis de boucles brunes et soyeuses où couvaient des yeux larges et pénétrants. Il avançait avec fracas dans son armure guerrière, un arc en bandoulière tandis que son compagnon, sensiblement son aîné, marquait sa différence par une démarche plus souple et discrète. Le général Énée était d'une stature autrement plus imposante. Sa barbe court taillée, son faciès anguleux et rude, son regard sans détour, le désignaient clairement comme un homme de guerre alliant l'audace à la sagesse.

— Pâris? s'interrogea Priam. Et toi, Énée! Que veut dire cette intrusion?

Le prince à la figure divine considéra sa sœur agenouillée avec un mépris non dissimulé et s'esclaffa :

— Je trouble encore une de vos séances de divination, on dirait! Alors, quels sont les présages, chère Cassandre? Que nous chantes-tu cette fois? Quel châtiment doit encore s'abattre sur Troie? Et toi mon père, toujours aussi bienveillant pour prêter l'oreille à ses sornettes!

— Ne te moque pas de la magie, Pâris, le tança Cassandre avec virulence, car c'est un présent des dieux et, à cette heure, je te conseille de ne pas attiser davantage leur colère.

— Les Immortels sont de notre côté, ma pauvre Cassandre, et tu devrais retourner jouer aux osselets dans ta tanière. Les Grecs sont au désespoir depuis que j'ai tué leur grand héros Achille et ils me redoutent plus que lui! Nous avons l'avantage psychologique. Regarde donc dehors! Aujourd'hui encore, ils se sont brisés sur nos murs. Chaque jour qui passe voit leurs forces s'épuiser.

— Si tu avais une seule poussière de bon sens, lança Cassandre, tu négocierais avec Agamemnon une paix honorable pendant qu'il est encore temps.

— Négocier avec un pirate achéen ? Je refuserais son royaume s'il me l'offrait car rien de bon ne peut venir d'un tel rapace ! Je l'écraserai bientôt sous ma semelle comme j'ai écrasé Achille, après que ma flèche lui eut transpercé le talon ! Il est mort en perdant son sang et en beuglant comme un cochon. Et j'ai d'autres flèches, crois-moi, une pour chacun de ces rois de pacotille qui osent nous défier ! Agamemnon, Ménélas, Nestor, et Ulysse... Surtout Ulysse !

Pâris partit d'un éclat de rire et il écarta les bras comme pour recueillir les acclamations d'une foule imaginaire.

— Au temple d'Apollon, une lumière a aveuglé Achille à l'instant propice, rectifia Cassandre d'une voix éteinte, une flamme a brûlé ses yeux, puisée aux rayons du soleil.

— Qu'est-ce que tu entends par là ? se vexa Pâris. Personne ne m'a aidé, ni Apollon, ni personne d'autre ! Ma flèche a visé juste et voilà. L'invincible héros est mort et personne n'a l'étoffe de prendre sa suite. Profitons-en, père, pour rassembler nos forces et rejeter ces chacals à la mer !

— Pardon de t'interrompre, prince, intervint Énée qui jusqu'alors s'était gardé de le faire, mais tu te trompes. Agamemnon a choisi un successeur à Achille parmi ses plus valeureux généraux, et il a désigné Ulysse l'Achéen, le roi d'Ithaque. Il faudra se méfier de lui plus encore que de son prédécesseur car il a l'intelligence et la ruse en plus de la force.

— Je suis de cet avis, Énée, approuva Priam. Ulysse est un redoutable ennemi.

— Ulysse est un couard, rétorqua Pâris. Il se cache sous des déguisements de toutes sortes qui font de lui la risée de sa propre armée. Il prône des stratégies dont personne n'a jamais entendu parler et les autres généraux n'ont que mépris pour lui !

— Ses soldats l'aiment, intervint Énée, et c'est une vertu rare que celle de se faire aimer de ceux que l'on envoie à la mort.

— Foutaises ! claironna Pâris. Père, donnons le coup de grâce aux Grecs. Attaquons leur campement. L'été est chaud. Ils manquent d'eau et de nourriture. Ils sont vulnérables. Nous n'aurons pas de meilleur moment pour les rejeter à la mer !

Sans répondre, Priam quitta la terrasse et, écartant les rideaux de soie, remonta sur son trône d'or sculpté. Il saisit son sceptre, afin de signifier qu'il ne parlait plus désormais en père mais en roi, garant de la sécurité et de l'avenir d'un peuple. Pâris et Énée se tinrent devant lui dans l'attente de sa décision. Le vieux roi se tourna d'abord vers ce dernier : depuis la mort de son bien-aimé Hector, c'était vers ce général courageux et bon père de famille qu'allait sa préférence.

— J'aimerais entendre ton avis sur la situation... Parle sans crainte.

— Les Grecs souffrent, répondit le général troyen, mais ils ne renonceront pas. Ulysse échafaude de nouvelles stratégies. Quant à savoir lesquelles, c'est impossible, mais on le dit très affairé ces derniers temps.

— Affairé à retourner chez lui, en Ithaque! coupa Pâris. Ce couard n'a d'autre rêve que retrouver son île et son épouse la belle Pénélope. Remarque, on peut bien le comprendre, car elle est à peine moins belle que mon Hélène...

— Transmettons-lui une offre de paix, poursuivit Énée, transigeons tant qu'il est encore temps. Ulysse est un homme de parole.

Comme Pâris allait protester, le général prit les devants et enchaîna :

— Nous échangeons régulièrement des prisonniers et j'ai eu le loisir de mieux le connaître. C'est un guerrier féroce, mais un négociateur hors pair en qui on peut avoir confiance. Il a le sens de l'honneur et sa parole vaut un marbre gravé.

— Nous aurions dû l'assassiner quand il a eu la prétention de vouloir négocier le retour d'Hélène à Sparte, enragea Pâris, lui et toute sa délégation.

Priam resta songeur, coulant un regard méfiant vers son fils. Depuis sa victoire sur Achille, Pâris se complaisait dans la bravade et l'insolence, jusqu'à revendiquer le trône en privé en récompense d'un si glorieux exploit. La vanité lui avait obscurci l'esprit. Il passait l'armée en revue à longueur de temps, pour affirmer son autorité et savourer la dévotion que lui portaient ses hommes.

— C'est la raison de ta présence? lui demanda soudain Priam. Tu n'as accompagné Énée que pour tenter de boucher mes oreilles à cette proposition sensée?

— Sensée? Jusqu'ici nos murailles n'ont pas tremblé et la victoire est à portée de main. Pourquoi avancer une telle offre maintenant?

— Notre peuple souffre, répondit Priam, et je crois qu'il est temps de négocier une paix honorable.

— Honorable? s'étouffa le prince, froissé de trouver une résistance si inhabituelle de la part de son père. Il n'y a aucun honneur à capituler. Quelle prudence soudaine! Et toi, Énée, que j'ai toujours considéré comme le plus brave, un fidèle entre les fidèles? Comment peux-tu défendre une telle idée? Négocier avec Agamemnon? Il exigerait en priorité le retour d'Hélène pour laver l'honneur de son frère Ménélas à qui je l'ai enlevée!

— Ménélas est son mari légitime, observa Priam. Non toi.

— Nous aurions perdu tant de soldats pour en définitive être contraints d'abdiquer nos prétentions? Hélène n'est plus la reine de Sparte, mais celle de Troie! La cause est entendue.

— Elle n'a été que trop entendue, réagit Priam. C'est toi qui as déclenché cette guerre par cet enlèvement qui flattait ton orgueil! Trouve à présent un moyen de la terminer car nous ne pourrons pas résister davantage. Le commerce s'est éteint. Les taxes ne rentrent plus. Si tu passais moins de temps à t'exercer aux armes, tu entendrais les pleurs des enfants qui meurent de faim. Troie n'est qu'une bête à l'agonie!

— Je n'ai pas enlevé Hélène, se défendit Pâris. Elle est venue de son plein gré, parce qu'elle m'aimait.

— Cela fut peut-être un temps, mais est-ce encore le cas ? Où est-elle en cet instant, dis-moi ?

Pâris haussa les épaules.

— Est-ce que je sais ? Elle est à demi folle...

— Hélène est prisonnière dans sa chambre et sous bonne garde, railla Cassandre qui s'était glissée derrière lui. Pâris l'a surprise alors qu'elle tentait de s'évader du palais. Il faut croire que son charme légendaire n'opère plus !

Blessé par cette révélation, son frère réprima un mouvement pour la frapper, avant de comprendre qu'il ne ferait que desservir sa position. Il se décida à composer et lança d'un ton nonchalant :

— Oui, oui, j'en conviens ! Nous traversons une mauvaise passe. J'ai dû lui interdire de sortir. Elle s'imaginait qu'en rejoignant son mari, elle mettrait fin à notre conflit. Elle est aussi naïve que vous tous ! Ce n'est pas tant sa femme que Ménélas est venu conquérir, mais ton trône, cher père ! Et Agamemnon, ce vautour, n'est là que pour nous piller. Hélène est mienne. Il faudra me tuer pour la reprendre.

— Par amour ou par orgueil, mon fils? demanda le roi. Ton défunt frère Hector t'implora bien des fois de rendre cette femme qui n'est pas tienne et de clore ainsi cette guerre ignoble où tu nous as entraînés... Devant ton obstination, il n'a eu d'autre choix que combattre pour te sauver la face. Et il en est mort.

— Et je l'ai vengé, martela Pâris. Écoute bien, père! Nous n'aurons la paix que lorsque le dernier Grec aura quitté nos côtes. Les soldats me sont fidèles, ne l'oublie pas, et en particulier nos archers d'élite. Ils vénèrent le vainqueur d'Achille. Moi.

Sur ces paroles, il fit claquer son armure et quitta la pièce d'un pas furieux.

— Ne l'écoute pas, Grand Roi mon père, conseilla Cassandre. Il court à sa perte et nous entraînera avec lui si nous ne négocions pas avec les Grecs.

Le roi Priam secoua la tête, partagé entre des sentiments contraires.

— Je vais dans mes appartements prier Poséidon, notre protecteur. Peut-être m'inspirera-t-il la voie à suivre?

Quand le vieux monarque se fut éclipsé, Énée ne put dissimuler son accablement.

— Pour un peu, Pâris le bousculait! enragea-t-il. Il perd toute mesure. Les dieux fassent que Priam propose la paix, si seulement il n'est pas trop tard.

Les yeux sombres de la devineresse se levèrent vers lui.

— Tu es le seul à m'écouter, Énée, et le moment sera venu, c'est peut-être ce qui te sauvera la vie. Nous allons droit vers le néant et plus rien désormais ne nous viendra en aide. Ne te leurre pas : à travers l'affrontement des hommes, c'est celui des dieux qui fait rage. Zeus et Poséidon sont devenus ennemis. Aussi, ne songe qu'à toi et quitte cette ville maudite sans un regard en arrière...

Énée remit son casque à cimier.

— Je suis au service de mon roi, déclara-t-il. Quel qu'en soit le prix...

Chapitre 3

Le don d'Athéna

Profitant de ce que personne ne regardait de leur côté, Ulysse et Diomède émergèrent de la cave, leur capuchon rabattu sur le front. Épaules courbées et tête basse, ils se faufilèrent parmi les soldats ivres aux armures cabossées, que flattaient de jeunes servantes prêtes à tout pour remplir leurs gobelets. Ici, on buvait debout et à la va-vite dans la clarté incertaine des vasques, sans les cérémonies que s'accordaient les généraux et les princes. L'alerte pouvait se déclencher à tout moment et la mort frapper sans prévenir. Ainsi le vin et les rires gras aidaient à conjurer la peur. Blotti dans un coin, un aède dépenaillé grattait mollement sa lyre, accompagné d'un flûtiste vêtu d'une peau de mouton. Leur musique hésitante se perdait dans le vacarme de cette tanière poudreuse.

Ulysse et son compagnon atteignaient le seuil de l'estaminet sans avoir été repérés quand une voix tonnante les figea brusquement.

— Eh vous, les deux vagabonds ! Oui, vous ! Le vin manque, bourriques ! Servez-nous !

Ulysse se tourna à demi pour découvrir un officier à la mine rougeaude qui s'adressait à eux en secouant sa coupe vide avec impatience. Conservant son sang-froid, l'Achéen attrapa une amphore presque vide qui traînait sur une table et s'approcha de l'ivrogne.

— Bois, seigneur ! lui conseilla-t-il d'une voix servile. Bois et oublie tes soucis ! Les Grecs sont loin et ta force renaîtra à l'aube !

— Ce que tu pues ! brailla ce petit chef à la barbe grise, les yeux embués par l'ivresse. Pour un peu, tu me couperais la soif !

— Cela pimentera ce vin avant qu'il n'arrive à ton gosier, répondit Ulysse en versant les dernières gouttes de sa cruche.

Il allait s'éloigner quand l'officier le rappela.

— Où vas-tu ainsi ?

— Je dois rentrer au palais, seigneur, où je suis attendu pour mon service...

— Toi ? Au service du palais ? Tu veux rire ?

Ulysse s'inquiéta de ce que d'autres soldats commençaient à regarder dans sa direction.

— Le service du prince Pâris n'attend pas, officier ! feignit-il de s'indigner.

— Pouah ! Pâris ! Ne va pas te faire tuer pour Pâris ! Les rues ne sont pas sûres ce soir...

— Il a raison, s'exclama son voisin. Les Cavales sont lâchées, ordre du roi. Mort à l'imprudent qui traîne dehors. Ces monstres n'ont pas mangé depuis des jours !

Ulysse s'écarta avec une révérence mais, en son for intérieur, il sentit ses tripes se nouer.

— Merci de vos conseils, sages guerriers, répondit-il, et que la grande Athéna vous protège des odieux Grecs. Hélas, le service...

— Tu parles ! Poséidon est seul à pouvoir nous venir en aide désormais ! Mais je t'aurai prévenu, prends garde aux Cavales...

— Laisse tomber, ce ne sont que des esclaves, lui lança une fille en s'accrochant à son cou. Si ça leur plaît de se faire dévorer...

Et pour mieux capter l'attention du chef de corps, elle se plaqua vigoureusement contre lui, en fixant Ulysse à la dérobée. L'espace d'un éclair, le général grec crut reconnaître le regard de chat et le visage de la bergère, comme si l'enfant avait pu se transformer en un laps de temps si court en jeune fille en âge de promettre ses charmes. Du moins l'officier, tout à ses caresses, ne lui prêtait plus attention et, trop heureux de s'en dépêtrer, l'Achéen s'empressa de rejoindre Diomède qui faisait le guet sur le seuil.

— J'ai cru qu'il ne me lâcherait pas! confia-t-il à son ami.

— De quoi parlait-il, ce soiffard? Qui sont les Cavales?

— Tu l'apprendras si tu en croises une, répliqua Ulysse qui n'avait pas envie d'aborder le sujet. En attendant, garde une main sur ton épée. Le temple d'Athéna se trouve de ce côté...

Les deux hommes remontèrent la rue balayée par le vent tiède. Seuls des tourbillons de sable erraient comme des âmes en peine, ruisselant sur le pavement jadis recouvert de fleurs. Le temps des guirlandes et des fêtes était loin. L'air n'était plus embaumé que par la puanteur de la mort et le métal brûlé des armures. Des gémissements de malades ou de blessés filtraient des maisons. Ulysse s'orientait comme s'il avait vécu ici depuis l'enfance, longeant les murs et évitant les zones trop éclairées si bien que Diomède avait peine à suivre ses foulées légères. Ils atteignirent un étroit bâtiment soutenu par deux colonnes massives dont l'entrée s'ouvrait comme la gueule noire d'un four.

— S'il est exact que le Palladion soit ici, nota Diomède, il n'a pas l'air très bien gardé.

Au loin, l'écho d'un hennissement farouche résonna dans la nuit, qui les fit tressaillir pareillement :

— Qu'est-ce que c'était ? Un cheval ? Je n'en ai jamais entendu qui braillait de cette façon !

— Fais le guet ! se borna à répondre Ulysse en pénétrant dans le temple. Si le Palladion est ici, j'en aurai pour un instant.

Il s'avança dans la nef mal entretenue dont le dallage disparaissait à demi sous le sable et les racines. Des croûtes tombaient des murs et parmi ce spectacle de désolation, l'autel de pierre dédié à Athéna se dressait quasiment intact dans la lumière d'une torchère. Le roi d'Ithaque s'en approcha à pas de loup : au centre d'une châsse encadrée de quatre pilastres, trônait un buste de femme en émeraude pur. En dépit du danger, Ulysse ne put s'empêcher d'admirer la noblesse du visage de la déesse, rendu par l'artiste dans ses détails les plus sensuels : le front haut et casqué, le nez bosselé ainsi que la bouche en cœur possédaient un charme langoureux. Quant aux yeux, effilés comme des pointes de lance, ils semblaient se poser sur l'intrus avec une expression de connivence qui troubla le voleur d'un soir. Ulysse était peu porté sur l'adoration des maîtres de l'Olympe, mais il avait toujours considéré Athéna comme la plus attirante des filles de Zeus. Moins céleste qu'Aphrodite à la beauté parfaite, et moins orgueilleuse qu'Artémis, la Chasseresse, elle exprimait sagesse et intelligence par la seule finesse de ses traits.

Comme il tendait les doigts vers la figure divine, il lui sembla que celle-ci s'animait de l'intérieur. Il jeta un œil autour de lui. Il n'était pas voleur dans l'âme et le remords tiraillait son cœur de juste. Après une hésitation, il saisit fermement le buste et tenta de l'arracher de son socle. L'épreuve s'avéra plus délicate qu'il ne l'avait pensé car il était solidement scellé à la châsse. Ulysse tournait autour de sa proie quand un homme au crâne rasé surgit par une porte latérale et se jeta sur lui. L'Achéen entrevit la robe blanche et la courte dague briller dans la pénombre. Rapide comme un lion des sables, il plia les jarrets et, passant sous ses bras, visa le plexus de son coude pointé. Le serviteur du temple gémit et s'affaissa. Déjà son adversaire glissait dans son dos et enroulait son bras autour de sa gorge. À peine si l'homme eut le loisir de se débattre, avant que les vertèbres ne craquent comme du bois mort. Le chef de guerre l'accompagna au sol, flasque et sans vie, la langue pendante, avant de reprendre sa tâche interrompue. Il sentit le buste céder sous ses assauts répétés quand Diomède fit irruption dans le temple, la figure décomposée par la terreur.

— Ulysse! J'ai vu les Cavales! Je les ai vues!

À peine eut-il jeté son avertissement qu'un lourd martèlement de sabots emplit le temple et deux ombres monstrueuses recouvrirent les Grecs...

Chapitre 4

Une voix dans les hauteurs

Recroquevillée au milieu de sa chambre tendue de voiles noirs, Cassandre répandit la cendre sur les cercles de maléfice dessinés sur le dallage avant d'écarter ses bras amaigris en un signe d'imploration, la tête reversée en arrière, les yeux mi-clos. Elle martela d'une voix rauque qui n'était déjà plus la sienne chacun des noms de dieux avec lesquels elle commerçait d'ordinaire, telle une mendiante frappant à plusieurs portes dans l'espoir que l'une d'entre elles s'entrouvrira. Les torches vacillèrent dans la pénombre, le vent glacé souleva les rideaux et il lui sembla que son esprit s'arrachait de son corps pour s'envoler vers des sphères impénétrables au commun des mortels. Elle devint corbeau et plana parmi les nuages sulfureux qui cernent l'Olympe, le manoir sacré où résident les gouverneurs de l'univers, qui se dresse hors de la vue des hommes. Les tours vertigineuses et froides lui apparurent comme un rêve de grandeur inimaginable, avec leurs milliers d'ouvertures et de terrasses suspendues entre ciel et terre d'où leurs augustes habitants pouvaient observer la marche du monde.

Cassandre s'approcha assez près pour distinguer ces salles au carrelage poli, soutenues par des colonnades ciselées, les fontaines d'or et les jardins exotiques. Personne ne répondit pourtant à ses croassements suppliants : ni Apollon le porteur de lumière, ni Aphrodite au long corps, ni même Hermès si docile au charme des femmes. La belle Athéna, prompte autrefois à s'entretenir avec elle au temps de la paix, refusait désormais de lui apparaître. Quant à Zeus le dieu suprême, l'ordonnateur du Monde habité, il ne s'abaissait jamais à communiquer par ces pratiques de sorcellerie : il laissait ses actes seuls trahir les indices de sa volonté.

À mesure que la magicienne poussait son essor vers les plus hautes fenêtres, un froid insupportable lui enserrait le cœur tel un étau et elle aurait probablement renoncé si, soudain, elle n'avait été happée par une brise salée et portée sur un balcon tissé d'algues marines. Une silhouette gigantesque se détacha de la muraille, voilée par un brouillard bleu nuit. Elle semblait se cacher là et agir dans la clandestinité à en juger par les précautions qu'elle prenait pour ne pas se faire reconnaître. Cassandre reprit sa forme humaine et fléchit les genoux en courbant le front par respect pour cette apparition surnaturelle dont elle avait percé sans peine l'identité.

— Je suis à toi, Poséidon, seigneur des Profondeurs... Dicte ta volonté et je la rapporterai au cœur des hommes.

— Ne me nomme pas ainsi, répliqua vivement le dieu des Mers. Les oreilles de Zeus sont longues et fines. Je connais tes tourments, Cassandre. Sache-le, les autres dieux ont abandonné les Troyens, mais la guerre n'est pas achevée. J'inspire à ton père la force de faire encore face car sa défaite serait aussi la mienne.

— Il est donc trop tard pour la paix, noble dieu?

— Il ne peut y avoir de paix avec l'engeance créée par Zeus. Après votre victoire, les crimes de ces Grecs ne resteront pas impunis, je t'en fais le serment. Repars car tu n'es plus la bienvenue ici. Remporte ces paroles d'espoir aux tiens. Ils doivent lutter jusqu'à la mort et se défier d'Ulysse, le nouveau général d'Agamemnon.

— J'obéis, Poséidon, mon maître...

Sur ces paroles, Cassandre s'envola en toute hâte, mais les courants jusqu'alors paisibles se creusèrent sous ses ailes, entravant son vol. Un cri perçant jaillit depuis les hauteurs et, prise d'une terreur soudaine, elle jeta un œil en direction de la plus haute tour. Elle réprima un cri en apercevant un aigle gigantesque qui s'en détachait pour fondre sur elle, les serres en avant, prêt à la déchiqueter. Elle n'eut d'autre recours que se laisser tomber comme une pierre et, à mesure que le sol rocailleux se rapprochait à grande vitesse, elle pria pour retrouver sa véritable enveloppe charnelle. À la seconde où elle allait se fracasser sur les rochers aigus, quelque chose la rappela au loin.

Énée la tenait encore par les épaules quand elle reprit ses sens. Des larmes de sang souillaient ses joues, qu'elle tenta maladroitement d'effacer du dos de la main. Ignorant la menace des vipères blanches qui s'agitaient dans sa chevelure, le général troyen s'agenouilla auprès d'elle sans relâcher son étreinte.

— Princesse, reviens à toi! Qu'as-tu vu?

Cassandre détailla la figure anguleuse aux yeux perçants.

— Tout est perdu, murmura-t-elle.

— Qu'as-tu vu ? Je t'en prie, réponds. Je t'ai entendue crier.

Un sourire amer effleura les lèvres sèches de la devineresse, tandis qu'elle s'accrochait à ce bras gainé de cuir telle une naufragée à une épave.

— Autrefois, j'ai dérobé le secret de la voyance au dieu Apollon, et depuis, il m'a condamnée à dire la vérité sans être jamais crue. Je ne mesure qu'aujourd'hui l'étendue du châtiment...

Énée ignorait le sens profond de ces paroles, mais, voyant que Cassandre perdait connaissance, il la secoua rudement.

— Moi, je crois en tes prédictions, affirma-t-il. Parle ! Sais-tu ce qu'il va advenir de Troie ? Que t'ont révélé les dieux ?

— Poséidon croit encore à la victoire, révéla la devineresse, mais il se trompe. Zeus a décidé notre mort et rien ne le fléchira plus. Je l'ai vu de mes yeux. Ah... mon pouvoir s'éteint, Énée. Le brouillard recouvre tout... La fin est proche.

La magicienne n'en dévoila pas davantage. Son menton s'inclina sur sa poitrine et elle parut s'assoupir.

Chapitre 5

Les Cavales

Ulysse et Diomède reculèrent lentement vers le fond de la nef, tandis que s'avançaient vers eux des chevaux gigantesques au poitrail paré d'une pesante carapace. Leurs têtes oblongues, encadrées d'une épaisse crinière de jais, rapportaient une vague ressemblance avec le genre humain, mais l'évocation s'arrêtait là car leurs mâchoires carnassières, leurs queues hérissées de pointes, leurs pupilles de feu, les rangeaient indiscutablement parmi les êtres d'origine monstrueuse. Avaient-elles repéré les intrus ? Rien n'était moins sûr.

— Il faut filer d'ici ! murmura Diomède. Je n'ai jamais rien vu de pareil !

— Nous n'avons pas terminé, répondit Ulysse sur le même mode. Je ne partirai pas sans le Palladion.

À présent, les Cavales reniflaient le sol en soufflant bruyamment. Elles se penchèrent au-dessus du cadavre du prêtre. Sans doute était-ce l'odeur du mort qui les avait attirées à l'intérieur du temple, car elles entamèrent un répugnant festin de chair humaine en se chamaillant. Les deux voleurs avaient contourné l'autel pour s'y cacher, mais si vifs qu'ils furent, l'une des créatures redressa son encolure et modula un cri rauque si abominable que Diomède dut plaquer les mains sur ses oreilles. Dans son geste, il fit racler son épée sur la pierre par inadvertance... Aussitôt, l'une des Cavales abandonna la chair froide et contourna le piédestal. Quand elle débusqua les deux étrangers, une flamme de convoitise passa dans ses yeux et elle fit sèchement claquer ses mâchoires. Les deux hommes lui échappèrent de justesse en se séparant. Diomède courut derrière les colonnes tandis qu'Ulysse bondissait sur l'autel, cherchant toujours en dépit du danger à détacher le Palladion de sa stèle. Les Cavales durent trouver plus appétissant ce Grec aux cuisses galbées que la malheureuse dépouille du prêtre, car elles commencèrent à tourner autour de lui, tels deux fauves, cherchant à le mordre par surprise. Ulysse tira son glaive et il accueillit les museaux trop audacieux par de puissants balayages qui ne firent qu'attiser leur appétit.

— Lâche donc cette statue! lui cria Diomède, effaré de le voir en si fâcheuse posture.

Ulysse n'eut cure de cet avertissement et tout en esquivant les crocs des fabuleuses créatures, il fissura le socle du Palladion avec sa lame. Il parvint enfin à arracher le buste en un suprême effort, juste à temps pour parer une nouvelle attaque. Les crocs frôlèrent son torse et ses jambes et, désormais lesté par son butin, il comprit qu'il ne pourrait rester bien longtemps perché de cette façon. Il serra le buste d'émeraude sous un bras et, de l'autre, taillada les museaux fumants. Surprises par sa riposte, les bêtes désemparées reculèrent avec des beuglements hideux. Diomède frappa la pierre avec sa lame afin de les attirer sur lui, mais les Cavales semblaient négliger cette proie presque trop facile. Alors il se rua vers elles et leur entailla cruellement les jarrets arrière. Aussitôt, les deux monstrueuses femelles poussèrent des cris de douleur assourdissants et, usant de leur queue comme d'un fouet, repoussèrent le téméraire qui partit les quatre fers en l'air. Ulysse mit aussitôt cette distraction à profit et bondit de l'autel pour venir lui prêter main forte. Son ami n'était pas sérieusement blessé et il se releva d'un bond en comprimant une épaule douloureuse.

— Par ici, lui glissa Ulysse en désignant la porte laissée entrouverte par le prêtre. C'est notre seule chance!

Comme ils détalaient, les Cavales se dressèrent sur leurs postérieurs ensanglantés afin de leur faire barrage, mais, grâce à cette souplesse unique qu'il cultivait avec art, Ulysse glissa sur le dallage entre leurs pattes, emportant son compagnon avec lui. Les sabots retombèrent bruyamment derrière eux sans les atteindre et, le temps pour les bêtes de volter, les voleurs s'étaient rués au-dehors. Les Cavales tentèrent de leur donner la chasse, mais, incapables de se céder le passage, elles restèrent coincées dans l'ouverture trop étroite en échangeant des coups de dents. Ulysse n'attendit pas l'issue de leur dispute et, soutenant son complice, se hâta parmi les jardins qui s'étageaient derrière le temple. Ils coupèrent à travers les allées bordées d'oliviers et d'eucalyptus jusqu'à retrouver la rue de la taverne. Comme ils se précipitaient à l'intérieur, essoufflés et ruisselants de sueur, ils furent accueillis par les moqueries des gardes troyens :

— Ah! Tenez, voilà nos courageux esclaves! Regardez-les! Alors, on ne vous avait pas prévenus?

Sans un mot, les deux Grecs reçurent les reproches en se gardant bien d'y répondre et titubèrent en direction de la cave où devaient les attendre Ajax et Épéios... Mais alors un lourd barbu qui devait être le patron de l'établissement se planta devant eux, un torchon à la main.

— Eh, vous deux! Vous comptez boire en douce dans ma réserve?

Se forçant à sourire, Ulysse cherchait déjà une explication plausible quand le Palladion glissa soudainement de sous son bras et apparut furtivement dans l'entrebâillement de son manteau. Si vif qu'il fût pour le faire disparaître, l'Achéen comprit que c'était peine perdue : un éclair de lucidité avait traversé l'esprit embrumé des soldats et le même cri jaillit de leur poitrine :

— Arrêtez ces voleurs! Ils ont dérobé le buste d'Athéna!

Ulysse ne trouva d'autre solution que de se dégager à coups de poing, tandis que Diomède sortait son épée pour leur frayer un passage.

— Ajax! Ajax! appela Ulysse. Au secours!

Ce fut Épéios qui souleva la trappe, par laquelle les deux voleurs n'eurent que le temps de disparaître sous une bordée d'ustensiles et d'injures. Le maître artisan la referma vivement derrière eux, en constatant avec surprise la forêt de poignards qui venait de s'y planter. En un clin d'œil, il tira ses ustensiles de charpentier, maillet et quilles de bois, avec lesquelles il bloqua l'ouverture. Des coups furieux tambourinèrent contre le battant.

— Cela ne tiendra pas longtemps, mais au moins, on pourra filer! se réjouit-il avec malice.

— Où est Ajax? s'emporta Ulysse en n'apercevant pas le géant au chignon.

— C'est-à-dire... commença Épéios.

Ulysse entendit un bruit parmi les amphores et repéra le guerrier assis dans un coin, jambes écartées, qui le saluait avec une mine réjouie en brandissant un gobelet.

— Salut, ô roi d'Ithaque! lança-t-il d'une voix éraillée. Que la faveur des dieux soit sur toi et sur notre seigneur le puissant Agamemnon, conquérant de Troie!

— Par Athéna, il est bourré comme un âne! s'exclama Ulysse.

La taverne résonnait à présent de beuglements et de cris d'alarme. Chaque seconde comptait désormais. Ulysse confia Diomède à Épéios.

— Partez devant, nous vous rejoignons.

Pliant les genoux, il parvint à glisser son bras sous les aisselles d'Ajax et à le remettre sur pied. L'ancien compagnon d'Achille parut recouvrer un peu ses esprits.

— C'est quoi ce tapage ? Ça crie là-haut !

— La garde est après nous. Abats ces étagères, cela bloquera l'escalier.

— Quoi, briser ces magnifiques amphores si pleines de bon vin ?

— Obéis, ou je t'embroche comme un dindon !

Ajax dut lire dans le regard d'Ulysse qu'il était tout prêt à mettre ses menaces à exécution et, dans un grand élan de sacrifice, il agrippa les étagères et les renversa à l'instant précis où les premiers coups de hache faisaient voler la trappe en éclats. Quand les Troyens dévalèrent l'échelle, ce fut pour constater que leurs ennemis étaient déjà loin...

Chapitre 6

La tente d'Agamemnon

Agamemnon acheva sa coupe de vin et, rejetant la tête en arrière, partit d'un féroce éclat de rire qui gonfla les veines de son cou de buffle. Ses yeux larges se plissèrent de contentement sous ses épais sourcils et, comme il secouait sa crinière brune abandonnée en désordre sur ses épaules, les invités relevèrent à quel point il évoquait les statues de Zeus qui fleurissaient à Argos, Sparte ou Athènes. Le chef de l'Alliance ne cachait pas sa vénération pour le maître des dieux et soignait le moindre détail de son apparence pour parfaire cette ressemblance. Il avait pour lui un torse court mais puissant, des épaules massives et un faciès lourd mangé par une longue barbe frisée. Sa personne entière dégageait une force brutale, presque barbare, qui contrastait avec la finesse et la beauté de son frère, le blond Ménélas.

Assis à sa droite, le malheureux époux d'Hélène avait le cheveu ras à la mode spartiate, le nez délicatement modelé, mais ses traits réguliers s'arquaient de ces rides mélancoliques que creuse le goutte-à-goutte d'un mal-être quotidien. Un voile d'amertume ternissait son regard clair, preuve que son esprit était tourné en permanence vers les remparts de la ville assiégée, rêvant sans doute à celle qu'il aimait et à laquelle il n'avait jamais renoncé.

Agamemnon s'essuya la bouche d'un revers de main et se pencha sur l'avorton presque chauve et mal vêtu qu'il tenait en laisse à ses pieds :

— Continue, Sinon, mon brave devin ! l'encouragea-t-il. Amuse-nous encore avec tes farces !

Agamemnon adressa un clin d'œil ravi à ses hôtes. Autour de la table en bois, dans la lueur des flambeaux, se trouvaient réunis pour cette nuit de chants et de récits les principaux rois qui composaient l'Alliance. Outre Ménélas de Sparte, étaient présents Nestor de Pylos, le maître des chars et fidèle conseiller du chef de guerre, et Phoenix de Crète, et Ménésthée d'Athènes, et Anios de Délos, les plus respectés monarques de ce temps. Parmi eux, une chaise vide : celle qu'avait occupée naguère le glorieux Achille, mort au combat. Nul n'aurait eu le front de l'occuper tant le souvenir du merveilleux héros était encore présent dans les cœurs. Les rois esquissèrent des sourires las. Sans doute étaient-ils rongés par l'envie de se retirer après cette nouvelle journée de combats farouches et inutiles, mais aucun n'aurait commis l'impolitesse de prendre l'initiative. Agamemnon était connu pour être susceptible et mieux valait ne jamais entraver ses désirs, ni ses convictions. Par chance, il était d'humeur à rire ce soir, et Sinon le Fou, Sinon le Pitre s'empressa de le contenter :

— Connais-tu, Grand Roi d'Argos, l'histoire d'Ulysse qui ne voulait pas aller à la guerre ?

— Je la connais, Sinon, vieil idiot ! éructa Agamemnon. Mais je ne me lasse pas de l'entendre. Cela me venge des mots d'esprit du roi d'Ithaque auxquels je ne comprends rien !

Sinon se redressa et tira sur le collier de cuir qui l'étouffait pour prendre la pose et mimer son récit. Le silence se fit sous la tente dont on avait soulevé les pans aux quatre coins cardinaux pour que l'air nocturne apporte un peu de fraîcheur.

— Ulysse menait son train en son royaume d'Ithaque, déclama Sinon en grattant sa lyre, aux côtés de Pénélope, sa farouche reine, et de son bambin Télémaque, quand notre seigneur Agamemnon lui envoya un ambassadeur qui lui ordonnait de le rejoindre dans sa guerre contre Troie. Mais Ulysse désirait rester sur son île, à cultiver sa terre, soigner ses oliviers et tenir chaud à son épouse. Quand l'ambassadeur lui rendit visite, il se mit à baver et à inventer mille grimaces afin de jouer les fous. Devant le doute de son interlocuteur, il se précipita dans ses champs et poussa sa charrue en semant du sel sur ses récoltes – qu'il détruisit du même coup! Il pensait que ce stratagème convaincrait le visiteur de le laisser tranquille, car on n'emmène pas un simple d'esprit au combat, mais par chance celui-ci n'était pas sot. Il fit amener le jeune Télémaque que ses soldats maintinrent au sol sur le passage de la charrue. Ainsi on verrait si le père blesserait son fils avec le soc qui écorchait la terre! En voyant cela, Ulysse abandonna sa charrue et se jeta sur les hommes, qu'il manqua tuer... C'est ainsi qu'il est aujourd'hui des nôtres!

Les invités présents se permirent des rires polis. Ce conte avait depuis longtemps fait le tour du campement, mais, satisfait de son effet, Sinon rajusta fièrement ses hardes déchirées avant de proclamer :

— Voilà ce héros dont on vante tant les mérites ! Un simple père de famille arraché à son foyer et qui préfère le labourage à l'héroïsme !

— C'est un jugement bien acéré, le réprimanda Ménélas.

Le roi de Sparte jusqu'alors détaché de ces singeries imposa le silence par le seul timbre de sa voix mélancolique.

— Chacun sait qu'Ulysse a beaucoup voyagé dans sa prime jeunesse, enchaîna-t-il en ayant à cœur de défendre celui pour lequel il avait appris à nourrir un profond respect. Sur les conseils de son père Laërte, il a parcouru le monde jusqu'aux confins de l'Orient en simple voyageur, afin d'apprendre son métier de roi. Il a connu beaucoup d'aventures et rencontré des héros qui lui inculquèrent la diplomatie de préférence à l'action violente.

— On dit qu'Athéna en personne lui inspire sa sagesse, ajouta Nestor de Pylos, pensif, et je ne suis pas loin de le croire. J'étais avec lui quand nous avons formé la première délégation pour tenter de négocier avec Priam le retour d'Hélène en son foyer de Sparte.

À cette évocation, Ménélas baissa les yeux et une ombre voila son visage si noble.

— Sur notre passage, poursuivit Nestor, les soldats troyens nous abreuvaient d'insultes et nous n'avions qu'une envie, leur répondre à la manière achéenne qui ne tolère pas ce genre d'outrage. Ulysse trouva les mots pour nous apaiser. Je voyais bien qu'il n'était pas le dernier à enrager, mais il conservait un calme apparent. Quand arriva le moment de discuter avec Priam et son fils sans honneur dont je veux taire le nom, j'ai remarqué des assassins qui se glissaient en nombre dans la salle du trône et j'ai compris que nous ne ressortirions pas vivants de cette entrevue. Ulysse fit mine de ne rien voir, et s'agenouilla devant Priam comme il l'aurait fait devant son propre père. Il rappela les règles sacrées de l'hospitalité avec une telle éloquence qu'il tira les larmes du vieux roi. Ce jour-là, nous sommes sortis indemnes du palais grâce à lui et je ne suis pas près de l'oublier.

— Parce que c'est un couard! ricana Sinon.

— Qui l'a jamais vu reculer au combat? argua Ménélas. Il était parfois le seul à suivre Achille dans la mêlée, et c'est pour cette raison qu'il a, entre tous, hérité de l'armure de notre héros. Fais taire ce fou, mon frère!

— Ne te chagrine pas, répliqua Agamemnon, il est toujours bon d'entendre la parole des simples d'esprit.

Fort de son soutien, Sinon renchérit :

— Cette armure d'Achille, Ulysse ne la porte jamais et c'est sans doute qu'elle est trop grande pour ses épaules et lui tomberait sur les chevilles.

— Allons, Sinon, le titilla Agamemnon, chacun s'accorde à reconnaître en Ulysse justice et bienveillance. De plus, il m'est de bon conseil. D'où te vient cette hargne à son endroit, maudit Troyen ?

— Pfff... railla l'ancien oracle. Ne raconte-t-on pas que le puissant Hercule lui offrit un arc, mais qui a vu sa corde ? Et aussi qu'il visita les confins du monde jusqu'aux terres de glace ? Où sont les preuves de ces exploits ? Ce ne sont que légendes et racontars. S'il était si puissant, se contenterait-il de gouverner une île trop étroite pour abriter ce campement ?

— On mesure la valeur d'un roi à la prospérité de son royaume, reprit Ménélas, non à ses dimensions.

— Oui, mais son talent t'a-t-il rendu Hélène, Grand Roi ? se moqua Sinon. Elle partage toujours le lit du beau Pâris et on la dit toujours aussi attirante...

Cette fois, Agamemnon tira d'un coup sec la laisse de son aboyeur et, s'approchant de son oreille, lui glissa d'une voix sourde.

— Prends bien garde, mon ami fanfaron. Tu parles à mon frère qui souffre bien assez de cette humiliation. Ne confonds pas la facétie avec l'arrogance. Cela pourrait te coûter la langue.

Sinon fit aussitôt mine de s'enfouir sous le sable, la tête entre les mains dans une répugnante attitude de soumission. C'est l'instant que choisit Ulysse pour paraître, revêtu de son manteau en peau de bouc encore maculé du sang des Cavales. Ses cheveux longs étaient humides de transpiration. En l'apercevant, Agamemnon changea d'expression et les autres monarques peinèrent à masquer leur embarras. Depuis combien de temps le roi d'Ithaque se tenait-il dans l'ombre, à écouter ce qui se disait sur lui?... À lire son sourire ironique, sans doute bien assez pour n'avoir rien perdu des piques de Sinon mais, selon son habitude, il se garda de manifester la moindre mauvaise humeur.

— Je châtierai ce nabot, promit le chef de l'Alliance en lui envoyant un coup de pied. Il dépasse parfois les bornes. Pardonne-le, Odysseus!

— N'en fais rien, Grand Roi, répondit Ulysse en négligeant le siège d'Achille que le maître des armées lui offrait à ses côtés. Un fou peut être utile à bien des choses, puisque sa langue n'est pas reliée à son esprit. Au reste, je suis heureux que la bonne humeur soit dans notre camp, car elle a déserté celui des Troyens.

— Qu'en sais-tu ? interrogea Nestor.

— Nous en revenons, mes compagnons et moi.

Ulysse savoura le murmure d'étonnement qui parcourait l'assemblée avant de poursuivre :

— Vous excuserez mon lieutenant Diomède, qui est entre les mains des médecins, et le seigneur Ajax, qui a rencontré en chemin une cave emplie d'amphores à laquelle il n'a pas su résister...

— Qui leur fournit une telle abondance, à ces chiens de Troyens, voilà ce que j'aimerais savoir ! pesta Ménélas en secouant ses cheveux blonds bien peignés. Nous sommes ici depuis neuf ans, barrant les routes et empêchant le ravitaillement par mer, et cela en pure perte.

— Ce sont les Cicones qui approvisionnent l'ennemi, expliqua posément Ulysse. Ils se jouent de nos sentinelles en passant sous leurs pieds, en utilisant des tunnels. C'est par l'un d'eux que j'ai réussi à pénétrer dans la cité ce soir.

— Pourquoi cette expédition ? demanda Agamemnon, soupçonneux. Et qui plus est, sans m'en parler ?

— Tu aurais refusé, Grand Roi. Depuis la mort d'Achille, tu interdis à quiconque de se risquer dans la ville. J'ai été approché par une bergère troyenne qui m'a montré l'un de ces passages et m'a conjuré de voler le Palladion...

En entendant ces mots, le fou Sinon se redressa lentement, la figure pour partie grêlée de sable.

— Le Palladion ! s'exclama-t-il d'une voix égarée. Oui, c'est bien le Palladion qui t'apportera la victoire, Grand Roi ! Je l'ai vu en songe plus d'une fois ! La déesse elle-même m'est apparue, belle et radieuse comme tu ne peux imaginer. À présent, je me rappelle ses paroles : « Au soir où le Palladion sera dans le camp des Grecs, ceux-ci verront la lueur de la victoire finale. » J'ai été le disciple de la grande Cassandre et elle m'a enseigné ce que je sais.

— Allons donc ! le rabroua Agamemnon. Tu n'as plus de visions depuis des années.

— Tu as raison, mes dons m'ont abandonné, hélas... La nuit a pénétré mon esprit, mais j'entends encore la voix de ce rêve... Si tu possédais le Palladion, Grand Roi, ce serait un signe des dieux que la chute de Troie est imminente !

Troublé, Agamemnon secoua la tête. Il n'accordait aucune confiance à ces présages souvent obscurs, et, cependant, celui-ci semblait sonner d'une étrange sincérité.

— Seulement, le Palladion n'est pas ici, conclut-il.

C'est l'instant qu'Ulysse choisit pour déposer le buste d'émeraude sur la table, qu'il avait pieusement conservé sous son vêtement. Si l'étonnement avait accueilli le récit de son incursion, ce fut une admiration bruyante qui s'empara des monarques à la vue de ce trésor. Agamemnon lui-même, peu enclin aux débordements, se leva de son trône pour l'admirer avec une expression de vénération farouche. Dans son ombre, Sinon se prosterna en balbutiant :

— C'est bien le Palladion ! L'œuvre offerte à Troie par Athéna en personne, au temps où la cité recueillait la bénédiction des dieux. Elle avait promis à Priam qu'aussi longtemps qu'il la conserverait, aucun assaut ne fendrait jamais ses remparts...

Agamemnon joignit les mains et les porta à son front, qu'il martela en répétant des prières incohérentes. Puis il regarda à nouveau la statuette au sourire ambigu.

— Mais... elle ne transpire pas, observa-t-il soudain. Une statue magique ne doit-elle pas transpirer devant un roi en guise de bon présage ?

Il se redressa et courut hors de la tente, fixant le ciel étoilé, tournant sur lui-même dans l'attente d'un signe quelconque. Puis il se rua sur la dune la plus proche, barricadée de pieux, et scruta la plaine barrée à son extrémité par les remparts insoumis de la cité troyenne. Les sentinelles qui veillaient au sommet des tours de bois l'observèrent avec surprise qui brandissait son poing dans sa direction.

— Ville maudite, j'écraserai ton orgueil et tes habitants sans honneur. Je les étoufferai dans les flammes et le sang !

Il avait hurlé sa dernière phrase en s'agenouillant pour donner force à sa terrible menace, ses bras écartés et sa crinière flottant au vent. Il se tourna vivement en entendant un pas léger crisser dans le sable. Ulysse le contemplait avec un mélange d'embarras et de compassion.

— N'attends pas des dieux ce qu'ils ne peuvent offrir, lui conseilla-t-il, ni du Palladion qu'il abatte les murs de Troie. S'il détient une vertu, ce n'est pas celle de réaliser tes vœux dans l'instant. Ni de transpirer en ta présence.

Agamemnon le dévisagea, contrit de s'être abandonné ainsi devant lui. Ulysse lui tendit le buste d'Athéna, mais il secoua la tête en lui coulant un regard méfiant. Il n'était pas dans les habitudes du cupide roi d'Argos d'abandonner un butin de choix, mais il devait pressentir que ce trésor sans pareil n'était pas pour ses mains.

— On raconte que la déesse t'apprécie entre tous, Odysseus, soupira-t-il, aussi c'est à toi que revient cette relique. Je suppose que tu as couru de grands dangers pour la subtiliser aux Troyens. Si elle doit inspirer quelqu'un, c'est toi. Les autres rois ne m'ont accompagné dans cette quête que parce qu'ils attendent en retour de ma part honneur et butin. Peu leur importe le déshonneur et la souffrance de mon frère Ménélas. Mais toi, tu n'as jamais rien exigé tout au long de ces années. C'est l'instant, général. Que veux-tu ?

— Sinon dit vrai : je ne suis pas venu de mon plein gré, Grand Roi. Ma seule récompense serait de retourner chez moi. Me l'accordes-tu ?

— C'est la seule chose à laquelle je ne peux accéder. J'ai besoin de toi ici. Achille est mort. Tu es le nouveau héros. Trouve un moyen de nous faire remporter la victoire et je te laisserai alors libre de partir, tes galères chargées d'or !

Ulysse porta son regard mélancolique sur les lointaines murailles avant d'ajouter :

— Si cela arrive, Grand Roi, si tu pénètres dans Troie en vainqueur, jure-moi solennellement d'épargner la vie des pauvres gens qui meurent d'inanition derrière ces murs. Épargne les femmes et les enfants qui ne sont pour rien dans l'aveuglement de leurs princes. Ne saccage ni les temples ni les palais car ce serait plus qu'une erreur politique, ce serait un crime.

Agamemnon tira sur sa barbe frisottante.

— Je t'entends, mon ami, mais j'aviserai le moment venu.

Ulysse le regarda s'éloigner et resta seul, le Palladion entre les mains. Était-ce un effet des torches environnantes, il lui sembla que l'expression de la statuette s'était imperceptiblement durcie en un masque sévère, presque effrayant...

Chapitre 7

Vapeurs

La nuit était déjà bien avancée quand Ulysse rejoignit sa tente dressée à l'écart sur un épaulement de dunes. De ce point de vue, il pouvait à loisir embrasser les centaines de galères grecques échouées sur le sable fin, et, au-delà, cette mer infinie qui le séparait de son foyer. Ithaque n'était plus aujourd'hui qu'un songe vague, dont les bribes lui revenaient parfois dans ses rares moments de quiétude. Il revoyait alors la salle du trône, et la cour bordée de massifs, et les escaliers étroits de pierre taillée. Il rêvait de ce pavillon serti de vignes qu'il avait construit de ses mains autour du plus vénérable olivier dont il avait utilisé les racines séculaires pour tendre le cordage de son lit nuptial. C'était là qu'il aimait à la belle saison se reposer avec sa tendre Pénélope, bercé par son ombre fraîche, et s'abandonner aux langueurs de l'amour.

Pénélope... Le sourire de son épouse, ses épaules fermes et hâlées, ses cheveux longs et noirs et ce regard si grave et confiant à la fois, lui revenaient parfois, visions de plus en plus lointaines, estompées par l'éloignement et l'œuvre implacable du temps. Il entendait encore les rires de Télémaque, son petit garçon, tandis qu'il courait dans les couloirs, poursuivi par la bonne nourrice Euryclée au visage cuivré. Peu à peu, ces images d'un autre monde s'effaçaient derrière un brouillard chaque jour plus épais.

Assis sur le rebord de sa couchette, Ulysse laissa son regard naviguer sur les râteliers à lances et les bannières qui encombraient son réduit de toile. Au centre, l'armure d'Achille trônait sur l'un des javelots du héros planté en terre, et pour un peu, il aurait cru revoir son défunt compagnon la revêtir avec son rire tonitruant. Quelques coffres à vêtements et des tapis adoucissaient ce confort spartiate. Le chef de guerre posa respectueusement le Palladion sur un trépied et le contempla longuement dans la lumière grisâtre. Lui qui se vantait d'un esprit logique, il se demanda quelle force supérieure l'avait convaincu de voler cette œuvre. Au fil des heures, il lui semblait de plus en plus improbable que sa disparition provoque le moindre effet sur la résistance de l'ennemi. La légende n'était sans doute que pure invention...

Ulysse s'en détourna pour céder au rituel qu'il s'imposait chaque soir. Il ouvrit le boîtier de bronze ouvragé dont il ne se séparait jamais : à l'intérieur, il avait accumulé des souvenirs de ses voyages. Ici, la corne du sanglier qui l'avait presque blessé à mort au cours d'une chasse, là, des champignons séchés destinés à guérir les blessures – dont par chance il avait eu rarement l'usage. Et par-dessus tout ce collier en feuilles d'olivier que Pénélope avait à peine eu le temps de tisser pour lui avant son départ. Ces feuilles provenaient de leur arbre, l'arbre qui avait assisté à leurs premières amours. Il le pressa sur sa poitrine en fermant les yeux. L'odeur s'en était allée, irrémédiablement...

Diomède le trouva ainsi prostré, serrant ces feuilles sèches, l'air empreint de douleur, et s'il n'avait été délégué par les hommes d'Ithaque, sans doute aurait-il rebroussé chemin pour l'abandonner à sa mélancolie. Mais le service imposait qu'il s'acquitte de sa tâche et il se racla la gorge pour manifester sa présence. Ulysse tressaillit.

— Que veux-tu ?

— Pardonne-moi de te déranger, mais les hommes veulent connaître les intentions d'Agamemnon... Était-il fier ou irrité de notre coup de main ?

Ulysse hocha la tête avec amertume.

— Il espérait je ne sais quel miracle... Il attendait que la statue pleure, ce qui bien sûr ne s'est pas produit ! Pourtant, je suis certain que la bergère disait vrai. Son discours semblait si sincère, si vrai... Ou bien je suis si désespéré que je me mets à croire aux sornettes !

— Étrange bergère, qui a filé sous nos yeux ! rappela Diomède. On sent le souffle des dieux cette nuit sur les dunes... Je crois en ces forces profondes et mystérieuses qui modifient le cours des événements.

— J'aimerais partager tes certitudes, souffla Ulysse en refermant le coffret, mais je commence à douter de revoir un jour ma patrie.

— Et moi donc ! ricana Diomède. Remarque bien que je n'en ai aucune. Je suis né à Argos, mais seulement par accident. Tu n'as reçu aucune nouvelle de ton royaume ?

— Personne n'aborde plus jamais ces côtes.

— Au moins, tu pourrais envoyer des messagers chez toi, afin de rassurer les tiens.

— Chaque homme est pris par son service au roi. Et puis, que leur dirais-je ? Ce qu'on ressent sous une armure en plein soleil, quand le bronze vous déchire la peau comme des charbons ardents ? La résistance d'une lame qui pénètre la chair ennemie ou le goût du sable dans la bouche quand on charge au cœur de la mêlée ? Je ne suis pas poète. Quand on tue les hommes le jour, l'inspiration pour les rimes fait défaut la nuit.

— Au moins, tu sais ce qui se passe dans ton pays ? s'étonna Diomède.

— Non, mais je n'ai pas d'inquiétude. Ma reine veille en mon absence avec un conseil de sages. Je me doute que rien ne doit être facile. Ma mère est morte depuis des années et j'ignore si je reverrai mon vieux père en vie. Mon fils est devenu un homme. Je pense à lui chaque soir et j'imagine combien il doit s'interroger à mon sujet. Télémaque est presque un adulte aujourd'hui. Un inconnu. Quant à Pénélope...

— Elle doit se ronger les sangs !

— Mon cœur et le sien ne font qu'un. Il lui suffit d'écouter son battement pour connaître ma pensée, qui est toujours auprès d'elle, à toute heure. Je vis par son souffle et sa confiance, même au loin. Sinon le Fou a raison. Je ne suis pas un véritable héros. Je n'ai d'attirance que pour les choses banales : un champ bien labouré, un olivier qui se balance dans le soir, un simple feu dans un âtre. Le chant d'un aède qui pince sa lyre... Et par-dessus tout l'amour de ma femme, qui me comble et me rend meilleur.

— Tu fais un curieux mari. Si j'épouse une Pénélope, je la traiterai autrement. Comment est-elle, dis-moi, que j'en choisisse une qui lui ressemble ?

— C'est une femme de feu, évoqua Ulysse en fixant un point bien éloigné, avec de longs cheveux noirs et lisses, un sourire qui vous consume l'âme, et des yeux profonds... Ce n'est pas une Hélène de Sparte, non, à la beauté céleste... Elle a connu une enfance rude car son père Icare est un monstre de calcul et d'égoïsme. Elle aimait rassembler les troupeaux de chèvres quand elle était enfant, courir dans la montagne plutôt que s'occuper des tâches domestiques... Elle m'a tissé une tunique, une fois. Les coutures étaient à l'envers, mais je ne l'échangerais pas contre une autre en fils d'or. Je suis empli d'elle, même si parfois j'ai l'impression que certains détails de son visage, de son corps merveilleux, m'échappent peu à peu. Quelle tragédie que cette guerre!

— Tu as commencé ta vie bien jeune, Ulysse... constata Diomède. Moi, j'en suis à me demander si mon tour viendra. Les oracles m'ont prédit un royaume où je règnerai en sage! Seulement, jusqu'à maintenant, je vais de bataille en bataille sans jamais en voir le premier arpent.

— Les oracles se réalisent toujours, à ce qu'on raconte, même si pour ma part je crois que l'homme façonne sa propre destinée.

— Les dieux t'entendent! Dors, mon ami. Que d'agréables pensées te bercent jusqu'à demain.

Après le départ de Diomède, Ulysse demeura immobile et pensif. Il allait consentir à s'allonger quand un déplacement d'air l'avertit d'une présence indésirable. En un éclair, sa main happa un javelot et le pointa vers l'intrus.

— Bonsoir, Odysseus, dit la bergère, appuyée sur son bâton à crosse, sans même esquisser un geste de protection.

Ulysse la trouva subtilement changée, comme si elle avait mûri. Il ne put s'empêcher de faire le rapprochement avec la servante aux yeux félins qui tantôt avait occupé le soldat trop curieux, à la taverne.

— Je n'aime pas être surpris, l'accueillit-il de mauvaise humeur. La prochaine fois, je te conseille de t'annoncer.

— Tu as réussi à voler le Palladion... observa-t-elle avec une joie contenue. À présent, c'est toi qui détiens la clé qui forcera le verrou de Troie.

Ulysse reposa son arme et s'assit sur le rebord de son lit, mi-amusé, mi-amer.

— Quel prodige divin dois-je attendre de mon larcin, dis ?

— Tu n'es pas homme à attendre l'aide des dieux. Je sais que tu trouveras en toi les réponses auxquelles tu aspires.

— Qui es-tu, enfant ? l'interrogea l'Achéen.

— Tu sais qui je suis.

Ulysse acquiesça. Sans doute, au fond de lui, n'avait-il jamais été dupe un seul instant, sans quoi il n'aurait pas cru aveuglément à ce conte. Il allait répondre quand la bergère mit un doigt en travers de ses lèvres fines.

— La victoire est proche, Odysseus, mais prends bien garde : des forces puissantes protègent toujours Troie, qui peuvent accepter de perdre une place forte, mais non sans rendre un jour la pareille. Rappelle-toi mes paroles.

Un lacet de brouillard pénétra sous la tente, qui la ravit soudain à la vue du roi d'Ithaque. Surpris, celui-ci tenta de la retenir, mais déjà la vapeur légère se retirait hors de la tente, et la bergère avait disparu avec elle...

Ulysse demeura éveillé, incapable de trouver le sommeil, échafaudant mille projets pour venir à bout de l'invincible cité qui se dressait entre lui et son retour. L'aube le trouva étendu, un bras replié derrière sa nuque et ses yeux grands ouverts fixant le Palladion. Comme un rayon de soleil effleurait le buste d'émeraude, une forme noire remua à l'intérieur. Ulysse se redressa soudain pour observer l'étrange phénomène. Il s'empara de la statue et la secoua, cherchant à comprendre ce qui bougeait ainsi, quand un scarabée noir sortit des lèvres entrouvertes pour tomber sur ses genoux. Il s'était introduit dans la statue creuse par un trou minuscule percé au fond de la bouche et invisible à la première inspection. L'Achéen le considéra avec stupeur qui s'empressait de filer, par crainte de subir un sort encore pire, et fut soudain parcouru d'un rire nerveux.

Attirés par le bruit, Diomède et les sentinelles accoururent, javelot au poing, en se demandant ce qui se passait, et restèrent bouche bée devant le spectacle de leur chef secoué par cette hilarité enfantine.

— Cette fois, constata Diomède, il a perdu la tête.

Ulysse les dévisagea avec l'intensité d'un dément en s'écriant :

— C'était un scarabée ! s'écria-t-il. Un scarabée !

Sur ces mots, il courut hors de la tente en appelant à pleins poumons :

— Épéios ! Épéééééios !

Chapitre 8

Le cheval d'offrande

Le général Énée s'avança dans la chambre caressée par les premiers rayons du levant. Il eut peine à retenir ses larmes en s'approchant de son père étendu sur le lit. Le manque de nourriture finissait par avoir lentement raison de la robustesse du vieil Anchise. La maladie amaigrissait son corps autrefois si souple et si vaillant. Le vieillard devina la présence de son fils et tendit ses doigts dans l'obscurité. Il trouva le menton anguleux, les pommettes hautes, et ses yeux laiteux d'aveugle se plissèrent de contentement.

— Voilà que tu me veilles comme un nouveau-né! lança-t-il.

— Pardonne-moi, père. Je ne voulais pas te réveiller. As-tu tout ce qu'il faut?

— Ta maison entière est aux petits soins pour moi. Ascagne me montre mille acrobaties. Je ne peux les voir mais j'entends la légèreté de son pas. Ton fils te ressemble... Hélas, il ne tardera pas à avoir l'âge d'être soldat. Comme ces jours sont longs! Que Hadès le dieu des Morts m'emporte donc dans les Régions inférieures! Je partirais avec la certitude qu'aucun père ne fut entouré par autant de soins et d'affection...

Énée se mordit les lèvres, contenant sa peine.

— Ce jour n'est pas encore venu, père. Repose-toi.

— Tu sembles alarmé, mon fils, remarqua Anchise.

— Depuis que le Palladion a été volé, il règne un sentiment étrange dans la cité. Les voleurs ont blessé les Cavales dans leur fuite... Elles en sont mortes. C'est étrange. Peu de Grecs auraient eu l'audace d'un tel coup de main.

— C'est un tour d'Odysseus... marmonna Anchise. Il est comme un chacal qui ne lâche jamais sa proie blessée. Si seulement cette guerre prenait fin! Priam était si sage autrefois, si lucide... Je ne le comprends plus.

— Pâris affaiblit son autorité de jour en jour. Il sera contraint de lui céder bientôt le trône.

Un bruit de pas heurtés provenant du couloir attira soudain son attention. Les sentinelles durent s'interposer devant l'intrus car il s'ensuivit une vive discussion derrière la tenture.

— Qui que ce soit, cria Énée, laissez-le entrer!

Un archer du corps d'élite se présenta tout essoufflé et esquissa à peine le salut réglementaire tant était grande son excitation.

— Général, le prince Pâris te fait mander à l'instant.

Il ne put s'empêcher d'ajouter en dissimulant mal sa joie :

— Les Grecs ont fui!

Énée tressaillit violemment. Il sentit la main de son père se refermer sur son bras, signe de l'émotion du vieil homme.

— Comment? répliqua l'officier troyen. Tu délires. C'est impossible...

— Sur ma vie, général. Viens vite.

Énée embrassa vivement son père, dont les yeux se rougissaient de larmes. Comme si la nouvelle avait eu des ailes, des cris de femme résonnèrent dans la maison. En chemin vers la salle d'armes, Énée croisa son épouse, la belle Créüse :

— Parle, le pressa-t-elle, c'est donc vrai? Les Grecs sont partis?

— Mieux vaut rester sur ses gardes, répondit prudemment Énée en sanglant rapidement son armure et son bouclier dorsal, ça ne serait pas la première fois que nous nous faisons abuser par leurs ruses.

Il ajusta son casque à la perfection – comme s'il sentait l'avènement d'un moment historique. Son fils Ascagne accourut sur ces entrefaites. C'était encore un enfant aux jambes longues et blanches, à la taille étroite, qui portait une tunique brodée d'or.

— Je viens avec vous, père! lança-t-il. J'ai les meilleurs yeux de la cité!

Énée allait objecter quelque chose, mais, sur ce dernier point, il savait que son fils disait vrai et il jugea qu'il pourrait lui être utile.

— C'est d'accord, mais pas de risques inutiles.

Tous deux se hâtèrent en direction des remparts. Ils trouvèrent Pâris qui allait et venait, l'air agité, au sommet de la tour de guet dominant la porte de la cité. Dès qu'il aperçut le général de la garde du palais, il se pencha en riant :

— Regarde Énée! Assiste à mon triomphe!

Il désignait l'étonnant spectacle qui s'offrait aux yeux des défenseurs massés aux créneaux. Les machines de guerre grecques brûlaient comme des torches géantes dans la plaine.

— Les hommes ne m'ont prévenu que ce matin, s'agaça le prince. Ils pensaient qu'il s'agissait de bûchers funéraires, ces idiots. Mais non ! Ces maudits Grecs ont brûlé leurs catapultes et leurs tours d'assaut ! Il y a mieux : un pêcheur a frappé aux portes ce matin en affirmant avoir vu les galères d'Agamemnon mettre la voile et disparaître au large.

Énée aurait voulu le croire, mais il était trop coutumier des ruses de guerre pour s'abandonner à la première joie et se tourna vers son fils :

— Que vois-tu, Ascagne ?

L'adolescent mit sa main en visière et, après un temps, il annonça d'une voix claire :

— Personne sur les barricades, père... Tout semble désert.

— Les Grecs auraient volé le Palladion pour s'en retourner tranquillement ? s'étonna Énée. Sans profiter de cet avantage ? Cela n'a pas de sens.

— Je te l'ai toujours dit! exulta Pâris. Au fond, ce sont des couards, terrifiés par leur propre audace! Dire que tu étais d'avis de négocier avec eux... Par chance, je t'en ai empêché.

— La seule façon de s'en assurer est d'envoyer des espions aux nouvelles, estima sagement Énée.

— Personne ne veut s'y risquer, repartit Pâris avec colère. Est-ce donc à moi d'aller en première ligne? Moi, le vainqueur d'Achille?

Tout bardé de métal qu'il était, Pâris n'avait pas pour habitude de prendre des risques pour lui-même. Il s'appuya sur son arc et fixa son général droit dans les yeux.

— Toi, Énée... Prends ton fils et inspecte la côte. Rapporte-moi de bonnes nouvelles.

Énée manqua répliquer à son prince qu'il préférait ne pas exposer Ascagne, mais il comprit à son regard que l'ordre visait à lui faire payer leur désaccord passé et il préféra ravaler ses arguments. Un couple de chevaux fut sellé et les portes monumentales, meurtries par les innombrables assauts de ces dernières années, s'entrouvrirent pour laisser passer le père et le fils. Tandis qu'ils traversaient côte à côte la plaine étrangement silencieuse, tous les deux sentirent qu'ils étaient la cible de milliers de regards. Ascagne se tourna sur sa selle et découvrit une foule, alertée par la rumeur, qui se massait sur le seuil de la cité, sur les remparts, partout... Il dévisagea son père avec fierté, qui ne laissait rien paraître de ses sentiments sous son casque à cimier.

— Que crains-tu le plus, père ? Que les Grecs aient tendu une embuscade ou qu'ils soient vraiment partis ?

C'était une question étrange, sortant de la bouche de ce presque adolescent, et Énée le dévisagea avec une expression intriguée. Un rayon de soleil nimbait ce visage encore enfantin et donna à ses yeux un éclat félin d'un vert profond.

— Je crains par-dessus tout la traîtrise des dieux, répondit-il, troublé. Cette vaine boucherie les a lassés et Zeus a décidé d'y mettre un terme, sans quoi personne n'aurait osé voler le Palladion au cœur du temple d'Athéna – même Ulysse, qui est probablement derrière cet exploit.

— Il a peut-être agi par dépit, père, en sachant que son chef avait décidé d'abandonner la partie...

Énée avait aussi envisagé cette possibilité et, à mesure qu'il s'avançait vers la ligne molle des dunes, contournant les tours en flammes, son cœur se mit à battre plus vite. Ascagne avait vu juste : les fortins protecteurs et leurs lignes d'épieux étaient bel et bien désertés. Les tentes en peau de buffle avaient été emportées et les bannières arrachées. Le cœur battant, Énée poussa sa monture jusque sur la crête et contempla la mer émeraude qui étalait devant lui son immensité magique. Sa gorge se serra et, malgré lui, des larmes lui montèrent aux yeux : les navires naguère échoués avaient disparu. La plage était jonchée de débris, attestant que le camp gigantesque avait été démonté à la hâte. Ce que les Grecs n'avaient eu le temps d'embarquer, ils l'avaient simplement abandonné sur le sable.

Mais l'étonnement d'Énée atteignit son comble quand il découvrit la créature qui émergeait du faible ressac : un cheval de bois gigantesque à la fière encolure, probablement sculpté par une armée de charpentiers et sous la conduite d'un maître de l'art. Énée devina les anciennes machines de guerre et les pans de coques de navires abîmés qui en avaient fourni les structures finement ajustées. La bête aussi haute qu'une tour inclinait son museau avec noblesse comme pour accueillir les humains qui venaient l'admirer. Son poitrail, sa crinière, ses antérieurs se paraient de détails à ce point ciselés qu'un peu d'imagination aurait suffi à l'entendre hennir. Pris de stupeur, Énée et Ascagne sautèrent de leurs montures et s'avancèrent dans l'eau jusqu'aux chevilles pour mieux apprécier ce prodige d'ingéniosité que la marée dénudait peu à peu. Comme ils en faisaient le tour, Énée ne savait que penser d'une offrande aussi prodigieuse et il avertit son fils :

— Fais attention, retournons sur la plage.

— Mais père, ce n'est pas vivant. C'est une sculpture !

Et pour en attester, le gamin donna du poing contre l'une des pattes, éveillant à l'intérieur un écho sourd et intimidant. Pour autant, Énée ne parvint pas à éteindre ses doutes et il ordonna :

— Retourne à la ville et préviens Pâris de la situation.

À regret, Ascagne s'éloigna de l'ouvrage et, remontant en selle, disparut parmi les dunes. Énée sortit de l'eau et mit sa main en visière. L'horizon était clair, vide de toute présence. Les contours de Ténédos, l'île voisine, se découpaient avec précision sous le soleil clair.

Seuls quelques moutons, gros comme des flocons, broutaient sur ses flancs... Soudain, le général troyen entendit des pas fouetter le sable dans son dos. Ses espoirs si neufs se brisèrent tel du verre dans sa poitrine et il pivota d'un bloc, l'épée tirée et la mâchoire serrée, prêt à fracasser d'odieux Achéens en armure sombre... Il ne découvrit qu'un pauvre hère barbu, les cheveux hirsutes, qui portait encore un collier de cuir autour du cou. Le malheureux tomba à genoux en se protégeant la figure avec ses bras maigres :

— Pitié, seigneur Énée! Pitié... sanglota-t-il.

Énée marqua un temps avant de rengainer sa lame. Il s'agenouilla auprès du pauvre bougre :

— Mais... je te reconnais! Tu es Sinon le Mage, le disciple de ma sœur Cassandre! Tu es vivant?

— Seigneur Énée, j'étais prisonnier! gémit l'ancien oracle. Agamemnon a fait de moi son amuseur, son jouet! Je devais le distraire et lui conter des histoires... J'étais moins qu'une bête, qu'il traînait à ses pieds pour amuser ses généraux...

— Dis-moi, que s'est-il passé? Où sont les Grecs?

Sinon allait répondre lorsqu'un détachement de cavaliers arrivant de Troie surgit au grand galop sur le rivage. Prenant peur, Sinon fit mine de s'enfouir sous le sable. Déjà, Pâris et ses archers accouraient, suivis de près par Ascagne. La vision du cheval de bois, à laquelle le garçon les avait sans doute préparés, ne les affecta pas outre mesure. Pâris marcha droit sur Énée et son protégé.

— Lui, qui est-ce ?

Il le menaçait déjà de coups, mais Énée s'interposa.

— C'est Sinon, prince ! Agamemnon le retenait en esclavage. Il n'y a personne d'autre. Lui seul sait ce qui s'est passé. Laisse-le raconter son histoire.

À regret, Pâris retint son bras.

— Parle donc, mais parle juste, vieux bouc. On te croyait mort alors cela ne fera pas de différence.

Sinon joignit ses mains en guise de supplique. Ses lèvres desséchées tremblaient. Énée lui donna un peu d'eau afin qu'il puisse s'exprimer.

— Les Grecs ont levé l'ancre pendant la nuit... bredouilla-t-il. Depuis plusieurs jours, j'ai entendu la rumeur qui enflait dans le camp. En volant le Palladion, Ulysse pensait s'attirer les faveurs d'Athéna mais il s'est trompé. La statue n'a pas transpiré. Il paraît même qu'elle a pris feu pendant la nuit et menacé sa tente. Du coup, Agamemnon a décidé de partir. Pour se faire pardonner et attirer la bienveillance des dieux, Ulysse a demandé à Épéios, le maître charpentier, de construire cet immense cheval.

— Pourquoi maintenant? interrogea Pâris en considérant l'idole avec méfiance, la main en visière.

— Depuis peu, il recevait de mauvaises nouvelles de son royaume d'Argos où son cousin menaçait son trône. Les autres rois étaient aussi pressés de retourner chez eux. Les longues absences attisent les appétits. Odysseus a fini par les décider, même Ménélas, qui se montrait le plus entêté.

— Ménélas aurait renoncé à Hélène? se réjouit Pâris. Alors les dieux m'ont exaucé et je suis définitivement vainqueur. Ma gloire se répandra dans le monde entier et pour des générations. Partout, on chantera mes exploits!

Énée n'était pas disposé à partager son optimisme.

— Et ce cheval de bois, Sinon? demanda-t-il. À qui est-il destiné?

— C'est une offrande des Grecs à Poséidon le seigneur des Mers, pour s'attirer ses bonnes grâces en vue du voyage de retour, répondit l'ancien devin. Et aussi à Athéna qu'ils ont craint d'irriter en emportant le Palladion.

— Pourquoi un si grand ouvrage ? demanda Pâris.

— C'est une idée d'Ulysse, répliqua Sinon. Je l'ai entendu dire : « Il ne faut pas que les Troyens le fassent entrer dans la ville car ils s'approprieraient ainsi notre bonne fortune... Faisons-le assez large et assez haut pour qu'il ne franchisse pas la porte principale. » Il parlait à voix basse, mais j'étais là, j'ai tout entendu. Je les ai regardés se mettre à l'œuvre. Nuit et jour, leur clique de charpentiers ont travaillé, pressés qu'ils étaient de filer !

Pendant qu'il parlait, Pâris s'était avancé sous le museau de la créature de bois et détaillait à l'envi sa noble physionomie, qu'il trouva inspiré des Cavales. Cette idée jeta la colère en lui car il perçut cette ressemblance comme un dernier défi.

— Je n'ai aucune intention de faire entrer cette chose dans ma cité, lança-t-il. Qu'on apporte des flambeaux et qu'on la brûle sur-le-champ !

— Certainement pas ! lança une voix puissante depuis la dune.

Escorté par sa garde personnelle, le roi Priam s'avançait à cheval. Il avait tenu à juger par lui-même de la réalité de cette rumeur qui avait envahi son palais. À contre-cœur, le prince dut s'incliner devant son père.

— Tu aurais dû rester en sécurité derrière nos murs. Qui sait si les Grecs ne sont pas cachés quelque part pour nous surprendre...

Sans daigner mettre pied à terre, Priam scruta la grève avec insistance.

— Je ne vois aucun ennemi. En revanche, je sais reconnaître un camp que l'on brûle dans la fuite et une offrande abandonnée aux dieux pour favoriser un voyage de retour. En aucun cas je ne commettrai le sacrilège de la détruire. Lors de mes voyages, j'ai déjà vu des animaux sculptés de la sorte et disposés aux portes des villes en l'honneur de Zeus. Mais celui-ci est le plus pur chef-d'œuvre que j'aie jamais observé. Dommage que les artistes soient des Grecs !

Son entourage partit d'un éclat de rire. Le noble maintien du vieux roi juché sur son coursier, comme le regard clair et sans faiblesse qu'il portait sur le cheval de bois, impressionna son fils, mais celui-ci n'était pas disposé à se laisser contredire si facilement.

— La décision de le détruire ou non doit se prendre devant le conseil, fit-il remarquer avec brusquerie. Tu me l'as enseigné toi-même : il est sage de prendre l'avis des anciens quand il s'agit d'une décision entraînant le sort du peuple.

— Que n'as-tu entendu ce sage précepte autrefois, répliqua vertement Priam, quand tu as séduit l'épouse de Ménélas.

Il se pencha vers Sinon qui s'approchait tête basse.

— Je suis heureux de te revoir, mon vieil ami. Je me doute que tu as subi une rude captivité. Viens, rentre avec moi. Général Énée, place des hommes armés autour de cette statue en attendant que nous procédions à son déplacement. Car je n'entends pas l'abandonner et favoriser ainsi le retour de mes ennemis dans leurs patries... Ils ont assez souillé la nôtre. Que Poséidon les engloutisse dans les flots !

— Grand Roi, objecta Énée, tu comptes faire entrer ce cheval dans la ville ?

— Et nous l'exposerons sur la place centrale où il veillera sur les réjouissances que nous allons décréter ! confirma Priam. Car si je ne me trompe, nous avons une victoire à fêter...

Énée sut qu'il n'avait d'autre réponse à donner qu'une marque de gratitude et il s'inclina devant son roi avec la main sur le cœur. Quand il se redressa, l'escorte royale avait disparu dans la poussière soulevée par le vent...

Chapitre 9

Le ver et le fruit

Le soleil avait dépassé son zénith et la canicule du plein été martelait cruellement les flancs du cheval de bois abandonné sur la plage. Ulysse s'étira pour tenter de dissiper la somnolence qui engourdissait son esprit et son mouvement fit réagir les vingt-trois hommes tapis à l'intérieur de la coque qui formait le ventre de l'animal. Il les avait recrutés parmi les plus braves et les plus audacieux que comptait l'armée d'Agamemnon – sans doute aussi les plus haineux à l'égard des Troyens. Une poignée de sévères Spartiates, conduits par le blond Ménélas en personne, côtoyait des Myrmidons avides de vengeance après la mort de leur seigneur Achille. Auprès d'eux, le mince Diomède se faisait l'effet d'un nain, tandis qu'Ajax les dominait tous de son torse puissant, sa hache sur l'épaule. Accroupis sur des escaliers arrachés aux navires, serrant lances et boucliers, tous ruminaient à leur manière la sombre rancune qu'ils vouaient à l'ennemi et le même feu couvait sous leurs paupières lourdes. La souffrance de l'inconfort allongeait leurs visages ruisselants de sueur, mais qu'importait, ils patientaient en silence, s'efforçant de tuer le temps, mordillant des copeaux de bois ou rêvassant les yeux mi-clos.

Ulysse se faufila parmi eux avec un sourire ou un geste d'encouragement, afin de leur insuffler sa propre confiance. Il vérifia que chaque arme était emmaillotée dans son fourreau de tissu pour assourdir le bruit. Une garde troyenne formait un cordon protecteur autour du cheval, retenant une foule de curieux, et il eut suffi d'un tintement pour les vouer au plus terrible des sorts. Le roi d'Ithaque s'agenouilla parmi ses soldats d'élite et, aussitôt, ceux-ci se penchèrent vers lui pour écouter ses paroles, si ténues qu'elles survolaient à peine le silence.

— Serrez les dents ! Ce cheval nous emportera plus vite vers vos patries que le plus puissant des vents d'Éole ! Pensez à vos épouses qui se flétrissent en votre absence, à vos enfants que vous n'avez pas vus grandir et aux récoltes que vous n'avez pas vues germer... Après la nuit prochaine, vous serez libres de repartir en vos maisons et votre exploit retentira pour toujours dans les générations futures. Les aèdes chanteront de quelle manière vous avez berné les cupides Troyens et vous pourrez dire : «J'étais de ces Achéens qui se cachaient au fond du cheval de Troie.» Je vous promets que ces moments pénibles vous apparaîtront alors comme un séjour à l'Olympe!

Les Grecs se redressèrent avec un sourire, ragaillardis par une énergie nouvelle. Ménélas serra fermement la main de ce chef si jeune encore mais animé d'une détermination sans faille :

— Odysseus, je serai fier de mourir à tes côtés si les choses tournent mal et mes Spartiates aussi.

Les Myrmidons hochèrent la tête en signe d'assentiment, même le grand Ajax qui ne portait pas le général dans son cœur. Ulysse fixa Ménélas avec un regard confiant.

— Nous ne mourrons pas, Ménélas, et tu reprendras ton épouse.

La figure de Ménélas s'assombrit.

— Je n'entends pas la reprendre, mais la tuer de mes mains. Elle a jeté le déshonneur sur mon nom et ma cité pour les siècles à venir. C'est la seule raison qui m'a fait affronter cette épreuve durant ces années.

— Le moment venu, regretta Ulysse, j'espère que tu rendras le bon jugement.

— Moi, j'ai l'impression d'être une poterie en train de cuire au four, confia le puissant Ajax en essuyant son front trempé.

Dans son ombre, Épéios, le maître d'œuvre de cette extraordinaire réalisation, remâchait son anxiété :

— Je veux sortir ! glapit-il. Je suis charpentier, pas mercenaire ! J'ai bâti cette grande perche de cheval, pourquoi en plus me retenir à l'intérieur ? La gloire ne vaut pas pour des gens comme moi.

— Tu en auras pourtant ta part, prédit Ulysse, et des écoles de charpentiers seront fières de porter ton nom. Épéios l'Ingénieux. Épéios l'Architecte !

Le visage du barbichu s'éclaira à l'évocation de tels honneurs.

— Architecte, rêva-t-il, voilà qui en impose.

— Nous avons besoin de toi pour vérifier la bonne ouverture des trappes, enchaîna Ulysse en désignant le réseau de cordes et de poulies installé par l'ingénieux artisan. Tu es le seul à connaître le secret de ces leviers. Imagines-tu Ajax s'amusant à les manipuler ? Il se trouverait ligoté en un rien de temps !

Ajax n'appréciait guère d'être un sujet de plaisanterie, mais en constatant que ses compagnons pouffaient de rire, il consentit à se laisser rudoyer. Ulysse lui tendit une outre d'eau pour tempérer sa pique, à laquelle le géant s'abreuva à peine, avant de la transmettre à ses voisins. Chacun puisa quelques gouttes de cette eau tiède et rance. La panse de cuir arrivait à Épéios, quand on interrompit son geste.

— Il se passe quelque chose là-dehors ? assura Ajax. J'entends du bruit...

Ulysse s'approcha de la paroi et, avec prudence, ôta le bouchon de bois qui servait d'œilleton. De cette discrète ouverture, il pouvait scruter une grande partie de la plage en contrebas. Massée derrière la haie de lances, la foule avait grandi au fil des heures et c'était à présent une grande partie de la population assiégée, soulagée de retrouver sa liberté, qui s'était pressée sur la grève. Des enfants troyens se baignaient, les femmes jetaient des cailloux ou du sable en direction du cheval en poussant des cris de vengeance. D'autres, à l'esprit plus commerçant, troquaient des ustensiles retrouvés parmi les vestiges du campement – sans se douter qu'Agamemnon ne les avait abandonnés par centaines que sur le conseil d'Ulysse, afin de rendre sa fuite d'autant plus crédible.

Le général achéen remarqua les visages creusés de ces Troyens privés depuis si longtemps d'une nourriture décente et malgré lui se sentit ému par leur immense bonheur. L'approvisionnement de la cité, destinée en priorité aux gens du palais et aux soldats, n'avait guère touché ces habitants modestes qui imaginaient déjà la fin de leurs souffrances. Un vénérable prêtre, appuyé sur un bâton et barbu comme un dieu, haranguait les spectateurs depuis la dune avec de grands mouvements de toge.

— Il ne peut s'agir d'un bon présage, mes frères, et le prince Pâris a raison : il ne faut rien accepter des Grecs ! Repoussons à l'eau ce cheval des Enfers ! S'il appartient à Poséidon, le dieu des Mers en fera son affaire !

Enflammé par ce prêche, un groupe de jeunes Troyens tenta de forcer le barrage des soldats, mais les fantassins puissamment armés joignirent leurs boucliers en une muraille de bronze infranchissable, avant de les repousser sans ménagement. Aussi longtemps que le conseil n'avait pas rendu son verdict, personne ne devait approcher l'idole.

— Alors, s'impatienta Diomède. Que vois-tu?

— Les soldats deviennent nerveux, confia Ulysse. Bientôt, ils ne seront plus assez nombreux pour contenir cette populace.

— Qu'est-ce qu'ils disent? s'enquit Épéios.

— Ils veulent nous rejeter à la mer, si tu veux mon avis, traduisit Ajax.

— Que les dieux nous viennent en aide! gémit l'artisan. Je ne sais pas nager.

— C'est curieux, pour un charpentier, jugea Diomède.

— Parce qu'on travaille le bois, on est supposé flotter? s'insurgea Épéios.

À l'extérieur, le prêtre redoublait de sermons et prenait maintenant les sentinelles à témoin.

— Vous, les soldats troyens! harangua-t-il. Est-ce que vous ne voyez pas l'imposture? Ce cheval n'est pas apparu pour assurer un prompt retour aux Grecs, mais pour nous attirer la colère des dieux. La grande Cassandre a prédit le pire si nous faisions entrer cette idole dans la cité. Vous autres, qu'attendez-vous? Vous êtes plus nombreux! Agissez!

— La ferme, Laocoon ! pesta le chef du détachement. Énée a donné des ordres stricts. Reculez ou je vous fais embrocher comme des poules !

La virulence du prêtre avait suffisamment enflammé les esprits pour qu'une audace aveugle s'empare des plus fanatiques. Les femmes se mêlèrent aux plus résolus pour appuyer sur la palissade des boucliers, qui se releva avec un claquement cuivré. Sous la pression du nombre, les soldats fléchirent. Les lances pointèrent, mais le flot des insurgés fissura leur ligne maladroite. Déjà, des dizaines de bras prenaient appui sur le cheval pourtant fermement lesté et tentaient de le repousser au large. La structure bougea dangereusement. Ulysse ordonna du geste à chacun de garder son calme et de conserver le silence le plus absolu. Depuis la dune, Laocoon hurlait ses encouragements :

— Oui, mes frères, encore un effort. Poséidon se chargera de ce cadeau empoisonné !

Pouce après pouce, le cheval commençait à reculer. À l'intérieur, les Grecs s'étaient redressés, prêts à faire front. Entre la noyade et la mort par les armes, ils avaient déjà choisi. Ulysse envoya Épéios aux manettes commandant les trappes.

— Si ça tourne mal, fulmina-t-il, tu sais quoi faire...

Dans le mouvement d'inquiétude, une épée se dénuda et tinta malencontreusement sur l'armature de bois ; le son résonna longuement comme un accord de lyre. Ulysse se retourna vivement et mit un doigt en travers de sa bouche, mais il était trop tard.

— J'ai entendu un bruit de métal à l'intérieur ! s'exclama une femme qui s'acharnait avec les autres à repousser l'ouvrage.

— Et des voix aussi ! renchérit un autre. Ça parle, là-dedans !

Les vingt-trois occupants de la machine de guerre retinrent leur souffle. Ulysse se mordit les lèvres, préférant ne pas songer au sort qui leur serait réservé si cette foule en colère les prenait au piège dans leur réduit. Un cri fusa, qui fonda ses pires craintes.

— Apportez des torches et brûlons tout !

Haletant, Ulysse retourna à l'œilleton. La rumeur traversait la foule ainsi qu'un vent parcourt un champ de blé. On se mettait en quête de torches, tâche qui n'était guère difficile puisqu'un grand nombre jonchait encore le sable. On trouva de quoi les allumer et, en un rien de temps, une colonne d'incendiaires convergea vers la construction. Elle jetait les premiers brandons lorsqu'un détachement de cavaliers les repoussa violemment. À leur tête galopait le prince Pâris :

— Écartez ce troupeau d'idiots ! Le conseil a rendu son verdict, annonça-t-il d'une voix rude. Le cheval doit être rapporté en guise de trophée. Vous autres, apportez des troncs pour le soulever. Un chariot l'attend déjà. Nous n'aurons qu'à le faire rouler jusqu'à la cité !

Des acclamations accueillirent cette déclaration. Il avait suffi d'un simple ordre pour changer les esprits, preuve du délabrement de ces pauvres hères. Laocoon et ses partisans les plus acharnés préférèrent ne pas tenir tête au fils de Priam et se retirèrent discrètement. Ulysse lâcha un soupir de soulagement, encore médusé par l'incroyable retournement de situation. Il n'aurait jamais imaginé que son pire ennemi lui sauverait la vie. Ceux qui l'instant d'avant menaçaient de les brûler vifs les tiraient maintenant au sec avec le même enthousiasme.

Épéios sentit ses forces l'abandonner et, s'épongeant le front, il s'évanouit sur les genoux d'Ajax...

Chapitre 10

Le crépuscule de Troie

La princesse Cassandre se fit violence pour s'arracher de son siège princier. Toute la journée, une étrange langueur s'était emparée d'elle et l'avait retenue presque somnolente entre ces accoudoirs de bronze. À présent que les derniers rayons du soleil rouge sang balayaient le dallage, elle pouvait entendre une rumeur sourde qui s'amplifiait au-dehors. Surmontant sa paresse, elle s'enveloppa dans son manteau sombre et sortit sur sa terrasse. À la vue des rues qui s'emplissaient de citoyens en liesse, criant et agitant des rameaux d'olivier, la devineresse vacilla de détresse. Les noires prémonitions qui rongeaient son cœur depuis des jours trouvaient leur écho dans ces clameurs insensées et c'est en titubant qu'elle traversa ses appartements, décidée à savoir ce qui se passait. Elle découvrit les couloirs du palais en proie à une agitation indescriptible. Les gardes avaient quitté leurs postes et les servantes dansaient dans les galeries. Cassandre erra parmi les méandres de marbre et, emportée par la cohue comme une feuille morte par un vent mauvais, elle se retrouva sur la terrasse royale. Parmi les orangers, elle aperçut son père et son frère Pâris installés sur leurs sièges d'apparat, entourés par les membres du conseil.

— Que se passe-t-il? s'écria la magicienne.

Personne n'avait daigné l'informer des dernières nouvelles, comme si on avait redouté de sa part une de ses prédictions grincheuses, malvenues en ces heures de triomphe. Elle croisa le regard de Priam et lut son déplaisir de la trouver ici.

— Tu vois, grinça-t-il, tu n'as plus aucune raison de t'alarmer. La preuve est faite que tu avais tort.

Elle s'appuya sur la rambarde pour découvrir à son tour le spectacle inouï du cheval géant qui, dressé sur un chariot aux roues colossales, traversait la plaine en direction de la grand-porte de l'Ouest. Par dizaines, des maçons s'affairaient sur celle-ci, brisant les montants de pierre pour faciliter son passage. Juchés sur les blocs qu'ils fracassaient à coups de burin, ils riaient de la naïveté des Grecs.

— Et ils croyaient qu'on ne pourrait pas le faire entrer !

— Ils nous ont toujours pris pour des idiots ! Ça leur a coûté la guerre.

— Qui va reconstruire la porte après ça ?

— On verra demain ! Cette nuit, c'est la fête ! Le palais ouvre sa réserve !

À la vue de ses concitoyens entaillant ces remparts qui depuis tant d'années avaient garanti leur sauvegarde, Cassandre lâcha un gémissement. Chaque blessure de la pierre résonnait dans son propre cœur et elle crispa la main sur sa poitrine, au bord de la défaillance.

— Qu'on apporte un siège à ma sœur, se moqua Pâris. Elle se sent mal !

À présent, le monstre de bois remontait la rue principale, hâlé par des filins que tirait la population en délire. Il n'était pas jusqu'aux vieillards et aux enfants qui, sur quelques pas, ne désiraient apporter leur contribution aux soldats maîtres d'œuvre. C'était une vision grandiose et effrayante que cette idole frôlant les balcons et les enseignes, projetant sa silhouette démesurée sur les façades. À son passage, les spectateurs lui lançaient des pétales de fleurs ou de coton, les hommes et les femmes s'enlaçaient comme pour profiter de sa bénédiction.

— Grand Roi mon père, souffla Cassandre, les Grecs sont dans la ville !

— Reprends-toi, voyons ! Ce n'est qu'une offrande abandonnée par Agamemnon pour quêter la faveur des dieux. Regarde la noble figure de cet étalon ! Dirait-on pas une Cavale ?

— Tu ne vois donc rien ? Êtes-vous tous aveugles ?

Le prince haussa les épaules.

— Le conseil a décidé, répondit-il, et je n'ai eu qu'à m'incliner. Je dois admettre que ce spectacle scelle notre victoire mieux que je ne l'aurais imaginé. Crois-moi, ma sœur, les barbares grecs sont bel et bien repartis. Ils ont abandonné Sinon sur la grève et c'est lui qui nous a raconté les détails de leur fuite.

— Sinon ? s'interrogea Cassandre, atterrée. C'est donc lui l'instrument... Mon disciple que l'on croyait mort ?

— Eh bien regarde-le, à présent ! s'esclaffa Priam.

Il désigna du doigt l'ancien esclave d'Agamemnon qui, juché sur un âne, une couronne de fleurs sur la tête, devançait le formidable cortège en saluant tel un monarque. La fabuleuse créature déboucha sur le parvis et acheva sa course devant l'entrée principale du palais, qu'elle recouvrit de son ombre, fixant la famille royale de ses yeux obliques et impénétrables. Priam leva une main impérieuse pour imposer le silence au peuple.

— Que soit décrétée une nuit de liesse! Que l'on tire ce que nos caves contiennent encore de vin et de liqueur et qu'on le distribue! Chacun doit boire son content. Cette nuit, ni loi, ni retenue! Que chacun agisse à sa guise et suive ses instincts! Que la cité résonne de vos cris de joie!

— Prends garde qu'ils ne se transforment en cris d'horreur, murmura Cassandre.

Pâris posa sa coupe d'argent et déclara :

— Je dois me retirer. Je vais apprendre la nouvelle à Hélène et la convier à nous rejoindre.

Priam se garda de le retenir. N'avait-il pas donné lui-même le signal des réjouissances? Pâris regagna ses somptueux appartements à l'extrémité d'un large corridor. Il bouscula les portes, déchira les tentures, chassant les rares servantes qui n'avaient pas quitté leur faction, avant de s'introduire dans la chambre crépusculaire. Hélène n'eut que le temps de rabattre le long voile gris qui la couvrait de la tête aux pieds avant de se réfugier dans le coin le plus sombre de la pièce, spectre effrayé et frissonnant. Malgré ses efforts pour enlaidir sa divine silhouette, Pâris avait eu le temps d'entrevoir ses contours enchanteurs dans le clair-obscur, et ce profil sans pareil – que les sculpteurs eux-mêmes renonçaient à reproduire – lui brûla le ventre comme un tison. D'un geste brusque, il dégrafa son armure d'apparat. Malgré toutes ces années passées auprès d'elle, Pâris ne s'était jamais lassé de sa conquête, arrachée de si haute lutte et cause de si grands tourments. Car c'était là le charme dont les dieux avaient paré Hélène de Sparte, celui de séduire tout homme qui poserait son regard sur elle et de le captiver jusqu'à la mort. C'était là sa condamnation pour être trop belle, trop parfaite, au point d'égaler la jalouse Aphrodite.

Pâris préféra se détourner pour se servir une coupe de ce vin épais qui l'attendait à toute heure dans son aiguière d'argent.

— Tu dois te demander à quoi rime ce vacarme-là dehors, lança-t-il négligemment, eh bien, c'est pour fêter la fin de la guerre ! Notre résistance a eu raison de ces maudits Grecs et ils ont levé l'ancre. Et avec eux ton piteux Ménélas! C'en est fini de ce cauchemar. Nous allons enfin pouvoir vivre l'un pour l'autre, fonder une vraie famille.

Comme Hélène ne manifestait aucune réaction, il jeta son gobelet et saisit sa femme par les épaules.

— As-tu entendu ce que j'ai dit? Ton mari renonce à te reprendre! Il s'est plié à la volonté des dieux. Nous n'aurons plus jamais à vivre dans l'angoisse. Tu es à moi pour toujours et tu règneras bientôt à mes côtés, car mon père devrait bientôt annoncer son abdication. Oui, il m'abandonnera le trône et tu seras définitivement reine de Troie. Nous aurons pour tâche de reconstruire la cité et de lui rendre sa noblesse d'antan. Tu te rends compte? J'ai tellement attendu ce moment!

Il s'écoula plusieurs secondes avant qu'Hélène ne réponde de sa voix brisée par les épreuves et les chagrins.

— J'ai aperçu un cheval de bois remonter la rue...

— Une offrande de nos ennemis à l'adresse des dieux, que nous avons décidé de conserver pour nous-mêmes en souvenir de leur défaite.

— Qu'en pense Cassandre?

Pâris ne manqua pas de tressaillir.

— Quelle importance ? Il n'y a plus que les corbeaux pour l'écouter ! Elle a perdu l'esprit, tu ne le sais donc pas ?

Il pressa contre lui le merveilleux corps d'Hélène, dont il sentit palpiter le cœur contre sa poitrine.

— Tant d'années... répéta-t-il. Tu n'as plus à avoir honte ! Tu ne dois plus cacher ta beauté sous ces voiles ridicules. Voilà assez longtemps que tu refuses de te montrer.

— Je maudis cette beauté, répondit sombrement Hélène. Elle m'a coûté trop d'angoisses, trop de remords. Je ne t'aime plus, Pâris. Autrefois, j'étais plus jeune et aveugle. Je t'ai d'abord suivi de mon plein gré, c'est vrai, mais je donnerais maintenant tout ce que je possède pour partir au loin, en un lieu secret pour y expier mes fautes. Je te le demande encore : rends-moi ma liberté. Je te jure que je ne retournerai pas à Sparte. Je disparaîtrai et tu n'entendras plus jamais parler de moi.

— Quelle étrange idée ! se moqua Pâris. Cacher au monde la femme la plus splendide jamais parue sous le ciel ! Mon père a déclaré cette nuit « nuit de liesse » ! Aucun interdit jusqu'à l'aube ! Partout dans les rues, le peuple se soûle déjà. Ce n'est pas une nuit où une épouse peut se refuser à son mari qui a si longtemps combattu pour l'obtenir.

— Je ne suis plus ton épouse depuis longtemps, seulement ta prisonnière.

— Soit! s'exclama le prince. Peu importe. Prisonnière ou esclave. Et même si tu t'obstines à cacher ta figure, je te veux mienne. Maintenant.

Il referma brutalement l'étau de ses bras autour de ses fragiles épaules et renversa sur le lit cette frémissante chrysalide...

Chapitre 11

Dix mille scarabées noirs

— La trappe, Épéios! ordonna Ulysse à mi-voix.

À cet ordre, les vingt-trois guerriers grecs s'ébrouèrent de leur somnolence et le maître charpentier cligna des yeux sur l'épaule d'Ajax, tel un hibou que l'on vient de déranger à une heure indue.

— Comment? Quoi? La trappe?

En s'avisant que tous les regards se tournaient vers lui, il se dépêcha d'actionner les poulies libérant les panneaux ventraux du cheval de bois, si parfaitement ajustés par son art unique qu'ils étaient indécelables même pour un œil exercé. Les hommes déroulèrent les filins et, Ulysse à leur tête, se laissèrent silencieusement glisser sur le lit de fleurs séchées qui tapissait la place. Les réjouissances troyennes s'étaient poursuivies jusqu'aux heures les plus avancées de la nuit dans une débauche hallucinée. Les sentinelles, abrutis par le vin et les plaisirs, jonchaient les marches du palais, enlacés aux femmes dénudées qui s'étaient données à eux dans l'ivresse de la délivrance. L'odeur des excès flottait dans l'air poisseux. Un silence cotonneux recouvrait la cité engourdie.

Son arc en bandoulière, Ulysse adressa ses ordres par des signes convenus et, en un clin d'œil, sa troupe dénuda ses armes et se scinda en trois groupes selon le plan établi. Ramassés comme des fauves prêts à bondir, leurs visages durcis par l'attente et le désir d'en découdre, les Grecs se répandirent à travers la ville. Ménélas mena ses Spartiates à l'intérieur du palais, où ne tardèrent pas à retentir les premiers cris étouffés, tandis qu'Ajax conduisait ses Myrmidons vers les bâtiments du corps de garde... Le temps de porter le fer était venu, sans faiblesse ni pitié d'aucune sorte.

De son côté, le roi d'Ithaque s'élança en direction des remparts, suivi comme son ombre par Diomède. Il descendit au trot de combat la rue principale, son glaive tiré, et la mâchoire soudée. Il ne portait aucune armure, seulement son ample manteau en peau de bouc grisâtre qui le rendait presque invisible dans l'obscurité. Un soldat éméché qui titubait encore le long des façades commit l'erreur de lui tendre à boire en riant. Ulysse l'abattit d'un seul coup d'épée, sans broncher, ralentissant à peine sa course. Jeté dans l'action, il se refusait désormais à réfléchir. Le front bas, le regard fixe, une seule pensée occupait son esprit : balayer les dernières sentinelles qui gardaient la grand-porte de l'Ouest, que les maçons avaient imprudemment abandonnée telle une plaie béante. L'Achéen trouva les murs déserts et la porte sans aucune surveillance. Il n'aurait jamais soupçonné que les Troyens aient abandonné à ce point toute méfiance. Il s'était attendu à combattre au moins quelques gardes intraitables qui auraient conservé un grain de défiance... Mais non : les féroces archers troyens, qui avaient si souvent déversé sur son bouclier leurs pointes acérées, s'étaient assoupis comme des bienheureux sur les créneaux, sans se douter de la mort qui fondait sur eux.

Ulysse grimpa quatre à quatre l'escalier menant au chemin de ronde, talonné par son lieutenant. À leur passage, certains somnolents redressèrent malencontreusement la tête et la dernière vision qu'ils eurent du monde fut celle du métal achéen qui s'abattait sur leur crâne. Rejetant le moindre remords, Ulysse et Diomède repoussèrent leurs cadavres au bas des remparts et gagnèrent la plus haute tourelle en arrachant des flambeaux au passage. Ils se postèrent face à la mer et les agitèrent longuement au-dessus de leur tête, adressant le signal convenu... Au même instant, le guetteur posté à la pointe de l'île de Ténédos poussa une exclamation et alluma les broussailles amassées à ses pieds. À cette première flamme en répondirent d'autres, disséminées dans les profondeurs de la baie où Agamemnon avait caché son immense flotte, à l'abri des rochers. Nestor de Pylos se précipita à bord de la galère du roi d'Argos et trouva celui-ci somnolant bras croisés sur son trône, au pied du mât.

— Seigneur, réveille-toi! Le signal! Ulysse a réussi!

Agamemnon poussa un rugissement qui valait ordre et, aussitôt, les soldats coururent à leur poste et les rameurs assoupis s'arc-boutèrent sur leurs manches. En quelques instants, les centaines de vaisseaux grecs manœuvrèrent avec une souplesse de reptile, et, soulevés par la puissante poussée des rames, jaillirent en pleine mer. À la vue de cette escadre fantomatique qui émergeait de la brume, Ulysse lui-même éprouva un frisson de saisissement.

— C'est le séjour des morts qui vient à Troie... murmura Diomède à ses côtés.

— Reste ici, lui ordonna Ulysse. Quand tu verras Agamemnon, rappelle-lui qu'il me doit une promesse.

— Laquelle?

— L'important est que lui s'en souvienne, lança Ulysse en l'abandonnant.

Il dévala les escaliers de pierre. Il n'avait pas l'intention d'attendre les premières avant-gardes, auxquelles il n'aurait été d'aucune aide, préférant retourner au palais pour prêter main-forte à Ménélas. Il fallait frapper à la tête, vite et fort : capturer Priam, Pâris, et les membres du conseil. Comme il retrouvait la place dominée par le cheval de bois, il s'aperçut que les Troyens ne s'étaient pas encore réveillés. Il enjamba les noceurs pour gravir au trot les marches du palais. Il distingua les Spartiates et leur roi postés de part et d'autre de la majestueuse entrée, qui s'étaient déjà rendus maîtres des premières salles, massacrant sans sourciller les gardes assoupis. Aucune parole ne fut échangée quand Ulysse passa devant ces sombres guerriers au cimier rouge, mais ils lui emboîtèrent aussitôt le pas comme un seul homme, Ménélas calquant sa course sur la sienne à travers les escaliers royaux.

En cet instant où il s'enfonçait comme la pointe d'une épée dans la chair de l'ennemi, flanqué de cet escadron d'élite, le roi d'Ithaque sentit le sang battre à ses tempes car il se rappelait sa première visite en ces lieux, bien des années auparavant, quand il s'agissait de négocier une paix encore possible : les crachats et les humiliations, le refus méprisant de Priam et ses assassins qui avaient manqué les égorger, ses compagnons et lui, au mépris des conventions de la guerre. De ce pénible intermède, il avait pourtant retiré un avantage décisif en gravant dans sa mémoire l'organisation des pièces et des couloirs avec la précision d'un architecte, se jurant de revenir un jour...

Sans daigner fouiller les appartements inférieurs, il se rua droit vers ceux qu'occupaient Priam et sa famille. Il pensait ainsi épargner beaucoup de vies dans un camp comme dans l'autre et préserver l'intégrité de la cité en obtenant une reddition sans conditions. Au détour d'un corridor, il tomba nez à nez avec une escouade de gardes, armés de lances et gainés de cuir de la tête aux pieds. Ulysse reconnut les hommes du général Énée, le fidèle d'entre les fidèles. Ceux-là avaient moins bu que les autres et renoncé aux joies terrestres de leur prétendue victoire. À la vue des intrus, ils comprirent sur-le-champ la traîtrise et se dressèrent pour protéger le sanctuaire royal. Mais l'effet de surprise avait donné à Ulysse et aux siens ce précieux temps d'avance qui dans pareille lutte offre un avantage décisif. Les épées spartiates s'abattirent alors que les lances troyennes se levaient à peine et elles enfoncèrent le rang fragile comme le tranchant d'une hache pénètre le bois tendre. Après le passage de ce torrent de fer, il ne resta que les corps enchevêtrés des mourants.

Le tintamarre du métal fracassé, les hurlements d'agonie se répandirent comme une brise funeste dans le silence du palais et à leur écho répondirent les premiers cris d'alerte. Ulysse comprit qu'il devrait désormais agir sans le moindre retard, semer la terreur et la désorganisation. Une colonne de gardes accourait déjà d'une aile opposée.

— Va, Ulysse! conseilla Ménélas, nous les retiendrons pour toi. Je te laisse Priam, ce vieux bouc ne m'intéresse pas. Dis-moi seulement ou je peux trouver Hélène. Et Pâris.

Ulysse tendit son bras à l'autre extrémité de la galerie, que barraient déjà les soldats ennemis. Ménélas émit un grondement rauque :

— Neuf longues années que j'attends cet instant... Personne ne m'arrêtera.

Ulysse le retint fermement par le bras.

— Ton frère m'a promis que les vaincus auraient un sort équitable, Ménélas. Ne renie pas sa parole. Juge en roi et non en homme.

— Je laverai mon déshonneur dans le sang, répliqua vivement Ménélas en s'arrachant à son étreinte, à la mode spartiate... Quant à ce chien de Pâris, s'il se trouve sur ma route, je l'abattrai sans hésiter.

Le général achéen comprit que le temps manquait pour les arguments sensés, et tournant les talons, il se précipita vers la suite de Priam. Quand il atteignit le seuil du sanctuaire, trois sentinelles restées en réserve, sur ordre ou par lâcheté, coururent dans sa direction en pointant leurs javelots. Cette fois, Ulysse fit tournoyer son arc avec cet art étrange venu des steppes de Mésopotamie qui lui avait été enseigné jadis par un cavalier à la peau jaune. Les flèches quittèrent la corde tendue à l'extrême avec un son de harpe et les Troyens roulèrent sur le dallage, la gorge transpercée avec une précision redoutable. Le dernier s'en vint mourir sur les sandales du roi d'Ithaque, que celui-ci repoussa froidement, avant de pénétrer dans la chambre de Priam.

Ménélas plongea son épée dans le cœur du dernier Troyen valide et, levant la tête, il cria à pleins poumons :

— Où es-tu, Pâris ? Où es-tu, lâche ?

Sur ces paroles, le roi de Sparte se rua vers les appartements princiers. À ceux de ses hommes qui tentaient de l'escorter, il opposa sa main dressée en une interdiction muette qui ne souffrait aucune réplique. Il bouscula les servantes qui tentaient de s'interposer et fit irruption dans la chambre où brûlait une simple torchère. Il distingua une forme féminine allongée sur le lit parmi les draps épars, enveloppée de la tête aux pieds dans de longs voiles déchirés. Il reconnut les courbes ciselées, le filet des cheveux d'or, le murmure de cette respiration plaintive et son cœur s'embrasa d'une flamme qu'il avait crue éteinte à jamais.

— Hélène... murmura-t-il d'une voix sourde. Hélène, je te retrouve. C'est fini.

Elle ne dormait pas et, en entendant son nom, se souleva légèrement sur un coude. Il devina l'ovale parfait de son visage derrière le rempart de soie, ses yeux clairs sous les sourcils effilés qui le dévisageaient avec stupeur, et ses lèvres entrouvertes sur un cri improbable. Le roi de Sparte se figea, submergé par la fureur et l'humiliation remâchées au long de ces années de siège, tel un métal martelé et souffrant.

Il écarta les dais et, brandissant son épée, l'abattit d'un coup...

Poussés sur la plage par un souffle surnaturel, les vaisseaux d'Agamemnon griffèrent le rivage de leurs coques ténébreuses. En un clin d'œil, des centaines et des centaines de soldats de l'Alliance se déversèrent dans la plaine telles d'interminables colonnes de scarabées noirs, caparaçonnés de la tête aux pieds et chargeant au pas de course dans un silence de mort. Ces sillons de métal mouvant se rejoignirent devant la grand-porte béante, dont ils repoussèrent les pitoyables barricades qui seules entravaient encore leur avance. En les regardant passer et se déployer à travers rues et ruelles, Diomède en aurait presque été saisi d'effroi. Deux par deux, les porteurs de mort s'engouffrèrent dans chaque maison rencontrée et les cris et les flammes ne tardèrent pas à jaillir de tous côtés. Le lieutenant d'Ulysse aperçut Agamemnon juché sur son char aux parements effrayants, et il parvint à se frayer un passage jusqu'à lui.

— Grand Roi, Ulysse est retourné au palais pour achever ton triomphe. Il m'a demandé de te rappeler certaine promesse que tu lui as faite.

Le roi d'Argos abaissa sur lui un regard qui n'était que braises incandescentes.

— Quelle promesse? jeta-t-il en poursuivant sa route.

Chapitre 12

Le temps de la colère

Alerté par le vacarme et les hurlements, Priam avait quitté son lit et contemplait le désastre depuis son balcon. Il appela la garde, mais personne ne vint. Aussi, ravagé par la pire des terreurs, se réfugia-t-il dans cette pièce qui jouxtait sa chambre pour s'agenouiller au pied de la statue de Zeus en granit autour de laquelle brûlaient des vasques de terre ouvragées. Mains jointes et tremblantes, le vieillard fixa le masque impénétrable du maître des dieux.

— Épargne ma cité, Ébranleur de l'Univers ! Épargne la vie de mes enfants ! Je t'offre la mienne en gage, pour ce qu'elle vaut...

Ulysse le trouva ainsi, vêtu d'une simple chemise, ses cheveux gris et défaits tissant une toile désordonnée sur ses épaules. Son sceptre et ses armes se trouvaient à portée de main mais il n'esquissa aucun geste pour s'en emparer en entendant ce pas étranger. Ce monarque d'un autre temps qui croyait aveuglément aux signes des dieux découvrait maintenant l'étendue de son erreur. Les prédictions de Cassandre défilaient dans son esprit accablé, mais il était bien tard pour le repentir. Il baissa la tête ainsi qu'on attend le coup de grâce.

— Je savais que tu reviendrais un jour, Odysseus, lâcha-t-il. C'est de toi que ma mort doit venir?

— Le palais est pris, Priam, répliqua Ulysse. Ordonne à ton armée de rendre les armes et Agamemnon se montrera clément.

— Clément? Agamemnon? répliqua dignement Priam. Une bête sans âme, tel est ton chef! Il va broyer ma cité entre ses mâchoires. Je sais que notre sort est scellé. Les dieux gardent le silence et je veux croire que c'est par honte de nous avoir abandonnés...

— Je t'ai maintes fois proposé la paix, fit remarquer le roi d'Ithaque, mais plutôt qu'entendre mes conseils, tu as préféré écouter les grandes phrases de Pâris.

— J'ai été trop tendre avec lui... admit Priam. On se raccroche à son dernier enfant plus qu'à tout autre, tu connaîtras ce sentiment, un jour... Oui, je lui ai trop pardonné. C'est ma faiblesse...

— Agamemnon épargnera la ville et ses habitants.

— Alors, vois la manière dont il tient parole...

Priam désigna les fenêtres qui s'embrasaient du rougeoiement de l'incendie. Ulysse sentit son sang se glacer. Comme pour donner corps à ses inquiétudes, Diomède arriva sur ses talons, haletant.

— Agamemnon a envahi la cité, témoigna-t-il. C'est une horreur sans nom. Je n'ai pas pu l'empêcher. Il brûle la moindre maison et les flammes se rapprochent...

Il lança vers Priam un regard où se mêlaient haine et dégoût.

— Tu devrais abattre ce vieillard sans hésiter, Ulysse! C'est à cause de lui que nous avons tant souffert. Si seulement...

Ulysse lui intima le silence. Il voulait réfléchir, trouver le moyen d'arrêter cette boucherie.

— Surveille le roi, ordonna-t-il à son compagnon. Je te tiens pour responsable de sa vie.

Laissant Priam sous la garde de son fidèle, Ulysse se mit en devoir d'explorer les appartements voisins, mais n'y découvrit personne. Le palais retentissait des braillements des Grecs qui mettaient à sac le palais, jetant des flambeaux dans les tapisseries de prix et attirant les prisonniers au-dehors. Ulysse imagina les hordes de morts qui se répandaient à travers la ville comme un torrent de lave, arrachant les Troyens à leur sommeil pour leur infliger le pire des châtiments. Il traversa la salle du trône et sortit sur la terrasse plantée d'orangers, d'où il découvrit avec accablement les flammes immenses qui enveloppaient les bâtiments publics et ravageaient les jardins ondoyants. Les plaintes et les hurlements hérissèrent sa peau. Priam avait dit vrai. Agamemnon déversait sa fureur sur la cité, livrant hommes, femmes et enfants aux épées de ses bourreaux... Ulysse sentit des larmes brûler ses joues et, comme il rentrait tête basse, il se heurta presque à Ménélas qui était couvert de sang. Pris de frayeur devant la mine blême du Spartiate, il le saisit par les épaules pour le ramener à lui.

— Qu'as-tu fait? interrogea-t-il avec angoisse.

Le frère d'Agamemnon dévisagea Ulysse avec hébétude, sans trouver les mots.

— Qu'as-tu fait, Ménélas ? insista celui-ci en le secouant. Parle, où est Hélène ?

— J'a... J'avais rêvé de cet instant... anônna-t-il. Oui, chaque nuit, dans mes cauchemars, je la voyais entre les bras de Pâris et c'était comme un venin qui me dévorait les entrailles... Et je n'ai pas pu ! J'ai fendu le lit de la tête au pied... mais je n'ai pas pu la tuer !

Ulysse ne cacha pas son soulagement.

— Tu as bien jugé, Ménélas. Ton frère n'est pas aussi grand roi que toi.

À cet instant précis, Épéios accourut, une courte épée au poing.

— Ulysse ! Pâris s'est enfui dans les jardins !

— Pourquoi ne pas lui avoir sauté au cou, maudit avorton ? s'écria Ménélas en recouvrant soudain son ardeur au meurtre.

— Euh, il a son arc, Grand Roi, répondit piteusement Épéios. Et tu sais ce qu'il est advenu d'Achille !

La réputation de Pâris après ce prodigieux exploit avait également grandi dans le camp des Grecs. Pourtant, Ménélas se serait élancé sans hésitation si Ulysse ne l'avait fermement retenu.

— Non, mon ami, non... Celui-là est à moi. Prends ta femme et emporte-la loin de ce cauchemar. Veille sur elle et traite-la avec équité.

Déjà, Ulysse enjambait la balustrade. L'idée de se mesurer à l'assassin d'Achille, son regretté compagnon d'armes, faisait battre son cœur plus vite. D'un bond, il atterrit quelques mètres plus bas en fléchissant les genoux. Comme il se redressait, il décela un déplacement d'air avec cette science qui n'appartient qu'aux guerriers expérimentés et effaça son buste de justesse. La flèche vicieuse frôla son torse pour aller se perdre dans la végétation en se tortillant tel un serpent.

« Empoisonnée, songea-t-il en lui-même, voilà pourquoi une seule blessure au talon a suffi à abattre un héros comme Achille. »

Il se mit à l'abri des massifs et ses yeux accoutumés à l'obscurité déchiffrèrent sans peine la silhouette dissimulée à une vingtaine de pas derrière des eucalyptus. Il reconnut les cheveux bouclés et le visage d'apollon du fils de Priam. À son tour, il banda son arc et lâcha un trait puissant et vrillé qui se logea dans un tronc à un doigt de la joue de son adversaire, l'obligeant à sortir de l'ombre.

— Pâris, héla le roi d'Ithaque en guise d'avertissement, rends-toi et je te laisserai la vie sauve ! Le palais est cerné. Ton père est capturé. Tu n'as aucune chance.

— Sale Grec ! repartit l'orgueilleux héritier de Priam. J'ai vaincu ton grand Achille. Tu ne peux rien contre moi. Je suis un protégé des dieux...

— Ils ont changé d'avis !

Le prince n'écouta pas et s'enfuit à travers le bosquet en quête d'une meilleure place où tirer mais Ulysse serra sa trace tel un chien qui a flairé un sanglier. À la lueur de l'incendie, il aperçut son adversaire qui traversait une esplanade de marbre pour se jeter dans l'ombre d'un bâtiment au chapiteau ouvragé, bordé par quatre colonnes basses. Ulysse reconnut le temple d'Apollon où avait péri le grand Achille lors de cette fatale incursion. Le général achéen trouva la coïncidence étrange mais ne ralentit pas sa course pour autant. À son tour, il s'élança à découvert en décrivant de brusques sauts de côté pour dérouter le redoutable archer qu'était Pâris. À l'abri d'un pilier, celui-ci tenta bien de l'ajuster, mais ces brusques écarts déroutèrent ses flèches l'une après l'autre. Ulysse répliqua à son tour par un dard dont la courbe tortueuse écorna la pierre blanche sous le nez du prince, blessant son visage immaculé. Pâris se tourna violemment avec un cri de bête blessée. Il porta la main à sa joue et la retira rouge de sang. Quelque chose se brisa soudain en lui.

— Non! murmura-t-il. Ma beauté!

— Tu ne seras plus aussi séduisant quand j'en aurai fini avec toi, promit Ulysse.

L'Achéen avait cessé de feinter et s'avançait maintenant droit sur son ennemi d'un pas égal, son arc à demi-levé, ses longues cuisses tendues comme des cordes dans la lumière fauve. Pâris encocha une nouvelle flèche mais il ne lui en laissa pas le temps. La sienne fendait déjà les airs et se logea dans le mollet gauche du prince. Celui-ci s'affaissa en grimaçant de douleur, comprimant désespérément sa cheville de ses doigts sanglants. La panique mordant ses entrailles, le ravisseur d'Hélène puisa dans ses dernières ressources pour se réfugier en boitillant à l'intérieur du temple. Pensait-il dans son aveuglement trouver une ultime protection dans ce sanctuaire? Espérait-il qu'Apollon guiderait encore son arc d'un trait de lumière? Il s'adossa au pied de l'autel du dieu du Soleil, à l'endroit précis où Achille avait expiré, dans l'ombre de la splendide statue d'onyx qui mimait le geste d'un discobole, indifférente à la souffrance du prince qui s'était voulu son égal.

— C'est ta dernière chance, Pâris, prévint Ulysse. Pour une fois, écoute la raison. Jette ton arc.

Pâris sanglotait sur le piédestal en marmonnant des prières incompréhensibles. Sa détresse se mua soudain en rage. Cet orgueil qui avait dévoré son existence entière le fit se redresser, oublieux du danger. La bave aux lèvres, il tendit une dernière fois son arc.

— Je ne me laisserai pas capturer par un voleur de chèvres! jura-t-il.

Ulysse encocha vivement sa flèche et ploya son arc. Un son de harpe résonna sous la voûte et Pâris partit en arrière tel un pantin désarticulé, traversé de part en part. L'Achéen considéra longuement son cadavre avec autant de colère que d'abattement. Il se pencha et déposa selon la coutume deux pièces d'argent sur les yeux grands ouverts, afin que le moment venu, son âme puisse payer son passage vers le royaume des Morts.

— En mémoire de mon compagnon Achille, lâcha Ulysse en guise d'oraison, je t'offre ton passage pour les Enfers... Salue le passeur pour moi!

Chapitre 13

La statue de Poséidon

Ulysse traversa les rideaux de feu qui consumaient le palais sans les voir. Il trottait vers les appartements de Priam en redoutant le spectacle qu'il y découvrirait. Les pillards eux-mêmes avaient renoncé à leurs exactions devant la progression de l'incendie et s'enfuyaient en hâte, les bras chargés de leur butin. Au passage, certains le reconnurent et lui crièrent :

— Ne va pas là-haut, général ! Il n'y a rien que la mort !

Dédaignant les avertissements, le chef de guerre poursuivit son chemin. Des hurlements et des lamentations emplissaient les couloirs. Partout des corps de femmes lacérés, des coffres béants et des statues renversées attestaient de la barbarie des envahisseurs. Quand il pénétra dans la chambre royale, il découvrit avec horreur le cadavre de Priam qui gisait au pied de la statue de Zeus dans une mare de sang. Ulysse se pencha pour caresser les cheveux maculés du vieillard avec une tendresse presque filiale.

— Je n'ai rien pu faire, confessa Diomède derrière lui. Agamemnon l'a tué de ses mains.

D'ordinaire si calme, le jeune général achéen serra les poings.

— Il était désarmé, marmonna-t-il, sombre, et j'avais répondu de sa sécurité. Ce n'est pas une exécution, c'est un meurtre. Ces pillages, ces viols et ces massacres nous coûteront cher, Diomède. Cette tache va recouvrir la surface du monde...

— Je t'en prie, le feu avance ! Nous devons sortir d'ici avant d'être pris au piège.

Ulysse se laissa convaincre et suivit son lieutenant à travers la fumée. Comme les deux hommes s'extrayaient du brasier et retrouvaient l'air libre, ils aperçurent Ménélas qui escortait une femme voilée de la tête aux pieds à bord d'une litière, en compagnie d'un contingent de ses fidèles Spartiates. Du moins Hélène avait-elle échappé à son sort mais c'était là une maigre consolation. Diomède s'aperçut que le cheval de bois lui-même était en feu et il tenta d'attirer son chef au large, mais celui-ci se dégagea de son étreinte.

— Retourne au campement, moi je ne peux pas, soupira-t-il.

Le jeune lieutenant le vit s'éloigner sans trouver les mots pour le retenir. Écœuré par la tournure des événements, Ulysse n'avait pas le courage de fuir et il erra longtemps au hasard des rues, meurtri par les bûchers et les ultimes scènes de pillage. Au détour d'une place abandonnée, il se trouva nez à nez avec une colossale statue du dieu Poséidon, agenouillée dans une attitude farouche, le bras replié sur son légendaire trident. Son front lourd et ses sourcils sévères se plissaient de mécontentement et le regard accusateur s'abaissait sur le chef de guerre tel celui d'un juge implacable. Surpris et déconcerté, l'homme fit face au dieu, captivé par ses contours musculeux, son visage massif et ses longs cheveux d'algues. Un étrange pressentiment lui serra le cœur et il se serait approché davantage si un mouvement sur sa gauche ne lui avait fait porter la main à l'épée.

Un groupe de citadins dépenaillés sortait furtivement d'une ruelle voisine, emportant plusieurs blessés gémissants. Un officier paré d'un lambeau d'armure troyenne les conduisait à travers l'écheveau de ces passages encore épargnés par les flammes. L'Achéen reconnut sur-le-champ la haute taille du général Énée, sa barbe courte et sa figure taillée à la serpe. Énée le Sage, avec lequel il avait si souvent négocié des échanges de prisonniers et parfois bavardé, de part et d'autre du champ de bataille. Énée qui malgré ses efforts n'avait pu imposer à ses maîtres ses visions de paix... Il portait sur son dos un vieillard chétif qui enlaçait son cou de ses bras maigres et poussait devant lui un adolescent effrayé armé d'un arc.

Quand les fuyards aperçurent Ulysse qui se tenait au pied de la statue divine, ils se figèrent instantanément en redoutant le pire. Malgré leur nombre, ils n'auraient pas été de taille en face d'un guerrier de cette trempe et ce fut Énée qui se présenta, le front ruisselant de sueur, les joues noircies de suie. Ulysse nota que le vieillard agrippé à ses épaules avait des yeux blancs d'aveugle et respirait à peine.

— Odysseus ! lança le Troyen. Aide-nous. Il n'y a là que de pauvres gens, promis au massacre s'ils ne quittent pas ce guêpier. Par où s'enfuir ?

— Par la porte de l'Est, et je ne ferai rien pour t'en empêcher.

— C'est toi le responsable de ce cauchemar. Ce cheval truqué... Sans son aide, Agamemnon n'aurait jamais pu franchir nos remparts.

— Probablement.

— Pourquoi ne pas nous avoir défiés au champ de bataille ? Je t'aurais affronté sans peur et j'aurais accueilli la mort de tes mains sans la moindre honte. Au lieu de cela, cette épouvantable tromperie est une insulte aux dieux et à notre courage. Cassandre avait dit vrai depuis le début, mais personne ne l'a entendue.

Ulysse l'affronta du regard sans faillir.

— Maudis plutôt l'orgueil de ton prince et l'aveuglement de ton roi, qui ont refusé d'entendre nos offres de paix. L'un et l'autre sont morts à présent et Troie ne sera bientôt plus qu'un souvenir. Toi et les tiens, partez. Ici, il n'y a plus rien d'humain.

— Ton maître n'est pas meilleur que le mien, Odysseus ! gronda Énée. Agamemnon est un porc. Les dieux ne lui pardonneront pas cette infamie !

Il marqua un temps, puis suppliant presque, il demanda d'une voix brisée :

— Ma femme Créüse, l'aurais-tu croisée ? Je l'ai cherchée partout sans succès... Elle... Elle se trouvait au palais pour assister à la fête. Tu l'as déjà aperçue sur les remparts aux côtés de la princesse Hélène, tu t'en souviens ?

Ulysse secoua la tête en signe de dénégation, car ce qu'il avait entrevu du sort réservé aux servantes ne laissait guère le moindre doute sur le sort tragique qu'elle avait dû subir.

— Pars, mon ami, lui conseilla-t-il. Ne pense qu'à ton père et à ton fils. Je couvre tes arrières...

— Nous nous reverrons peut-être un jour, assura Énée, en des temps moins sombres, j'espère. Alors, il faudra...

Il n'eut pas le loisir d'achever sa phrase. En haut de la rue, une forêt de flambeaux venait d'apparaître. Un groupe de terribles Myrmidons conduit par Ajax arrivait au pas de charge. Énée poussa promptement les siens dans une venelle obscure et Ulysse les regarda qui s'enfonçaient parmi les ombres, le cœur brisé. Puis, posément, il se retourna vers leurs poursuivants, le menton appuyé sur une extrémité de son arc.

— Ulysse ! clama Ajax. Écarte-toi ! Ce sont des chiens de Troyens qui tentent de nous filer entre les pattes !

— Je n'ai vu passer personne, mon bon Ajax.

— Quoi ? s'étouffa le solide guerrier. Mais... qui étaient alors ces gens avec lesquels tu parlais à l'instant ?

— De simples gens, justement, qui ne valent pas la pointe d'une flèche.

— J'ai des ordres, insista le géant. Aucun d'entre eux ne doit quitter la ville en vie.

Ulysse le considéra posément avec une telle autorité que les Myrmidons eux-mêmes, qui ne passaient pas pour se laisser fléchir, se dévisagèrent avec crainte. Aucun n'avait envie de se mesurer au roi d'Ithaque, qui serait demain le plus renommé des héros pour avoir réussi là où neuf années de siège avaient échoué.

— Il n'y aura pas d'autre sang versé par ma faute cette nuit, déclara l'Achéen. Passe ton chemin, Ajax.

Le fidèle allié d'Agamemnon dansa d'un pied sur l'autre avant de ravaler son dépit.

— Soit, admit-il. Agamemnon en personne ne saurait rien te refuser car ta ruse nous a offert la plus belle victoire. On en parlera encore dans des générations.

— Il en va toujours ainsi des plus grandes infamies, répondit Ulysse.

Ajax fit mine de tourner les talons avant de revenir vers son compagnon de bataille :

— Je ne t'aime pas, Ulysse, je ne t'ai jamais aimé, et peu m'importe que tu sois adoré demain à l'égal d'un dieu. Je voulais te le dire.

— C'est réciproque, Ajax, sourit Ulysse.

Le solide guerrier secoua son chignon.

— Bien. Voilà qui me convient. Une vraie relation.

Ulysse regarda le détachement s'éloigner sans quitter sa posture pensive. Quand il fut certain qu'il ne reviendrait plus, il se décida à son tour à regagner le rivage.

Chapitre 14

La malédiction des pierres noires

Ulysse s'était endormi au creux des dunes, vaincu par l'épuisement et la tristesse. C'est la sensation d'une présence à ses côtés qui l'arracha à ses rêves tourmentés. Il se redressa vivement, pour découvrir la silhouette de Diomède qui se découpait sur le disque écarlate du soleil levant.

— Je t'ai cherché partout, confessa son lieutenant sur un ton soulagé. Un peu plus et je te croyais mort. Agamemnon a donné l'ordre du départ !

L'Achéen ramena ses cheveux longs en arrière. Les flammes virevoltaient encore devant ses yeux et les palais magnifiques de Troie s'éboulaient dans un fracas infernal. Un goût de cendre lui desséchait la gorge.

— Le départ ? interrogea-t-il, incrédule.

— Un jour et une nuit ont passé, Ulysse. Tu as dormi tout ce temps ? Agamemnon a retiré ses troupes de la ville.

Ulysse l'étouffa presque sous une puissante accolade :

— Le départ? répéta-t-il d'une voix sourde. C'est donc vrai? Loin de ce cauchemar?

— Il a convoqué l'assemblée des rois sous sa tente. Tu n'as pas entendu les trompes?

Ulysse se redressa, hirsute et poussiéreux. Il rajusta son manteau sur ses épaules et suivit son ami. Tandis qu'ils traversaient les dunes, il ne put s'empêcher de jeter un regard vers Troie. L'incendie couvait toujours derrière les remparts éventrés. Des panaches de fumée noire obscurcissaient le ciel. L'Achéen préféra détourner les yeux de cette vision d'horreur.

— Tu n'aurais pas besoin d'un bon rameur, plutôt intelligent et travailleur? lui glissa Diomède. Je parle de moi, bien sûr...

— Tu veux m'accompagner en Ithaque? releva Ulysse, surpris.

— Je n'ai pas envie de retourner en Argos dans la suite d'un tel roi et comme je n'ai pas d'autre endroit où aller, ni famille à rejoindre, j'ai pensé que ce serait une bonne idée. S'il est exact qu'un royaume m'attend, je le trouverai plus sûrement au hasard des escales qui t'attendent.

— Toujours cette idée fixe? plaisanta Ulysse. Sois le bienvenu, à condition d'être mon invité. J'ai bien assez de rameurs.

La tente d'Agamemnon avait été sommairement rebâtie le temps que s'achève le pillage de la cité vaincue. À l'approche du roi d'Ithaque, les escadrons en rangs serrés le saluèrent par des clameurs enthousiastes auxquelles il répondit d'un sourire timide

— Te voilà l'égal d'Achille, constata Diomède, autant dire l'égal d'un dieu. N'oublie pas que tu n'es qu'un simple mortel...

Ulysse pénétra sous la tente à l'intérieur de laquelle régnait une ambiance de liesse paillarde, généreuse en libations et en déclamations grandiloquentes. Les rois de l'Alliance s'étaient réunis en cercle autour d'Agamemnon et levaient leur gobelet d'or. Nestor froissait sa barbe blanche de ravissement, et Phoenix de Crète, et Ménésthée d'Athènes, et Anios de Délos se congratulaient pour les richesses qu'ils avaient extirpées de la ville en flammes. Seul Ménélas demeurait sombre et mélancolique. L'issue de la guerre ne trouvait en lui aucun écho de joie. Une brise tiède soufflait sous la bâche, comme pour exalter la victoire et le retour tant attendu. À la vue du dernier arrivant, Agamemnon fit de nouveau remplir les coupes et tendit la sienne dans sa direction en un hommage solennel.

— À notre général et stratège, proclama le roi d'Argos, à Odysseus qui nous a apporté la victoire par sa ruse et son audace! Son nom signifie l'«homme en colère» dans notre ancien langage, mais il est plutôt l'homme aux mille ruses à qui je rends grâce ici, et que l'on chantera dans plusieurs siècles.

— À notre stratège, enchaîna Ménélas, au tombeur de Troie! Sa ruse se double aussi d'une grande sagesse, j'en témoigne. Je lui vaudrai une reconnaissance éternelle.

Ulysse accepta gauchement cet hommage, touché malgré lui par l'expression indicible de bonheur et de délivrance qu'il lisait sur les visages de ses pairs. Fallait-il tant de souffrances et de désespoir pour voir naître une telle joie? Agamemnon s'approcha de l'Achéen et lui donna une accolade fraternelle à laquelle ce dernier se garda de répondre. Il n'avait pas enterré sa colère à l'égard du chef de l'Alliance.

— Je sais que tu ne seras jamais prêt à me pardonner, lui lança le roi d'Argos avec franchise, mais tu dois comprendre que je n'avais pas le choix. Si je n'avais pas anéanti Troie, elle se serait relevée un jour et, remâchant sa haine, serait devenue une ennemie plus puissante encore. Nos fils auraient peut-être été contraints de camper à leur tour sur ces plages et de payer de leur vie la faiblesse de leurs pères. Je n'ai pas voulu qu'ils endurent ce que nous avons souffert. L'exemple de Troie servira d'avertissement à ceux qui trouveraient séduisante l'idée de nous porter ombrage. C'est cela la politique, Ulysse : sacrifier un petit nombre pour le bien de la communauté.

— On peut unifier les peuples autrement que par la guerre et le massacre, répondit sobrement Ulysse. Vaincre un adversaire ne signifie pas lui ôter sa dignité. Nous aurions pu conclure un pacte avec des Troyens plus sensés que Priam et son fils.

— Ce qui vaut pour de petites îles comme celles que tu gouvernes avec sagesse, Odysseus, ne vaut pas pour des empires. Et c'est un empire qui est mien désormais, mon ami. MON empire. Je tiens ces rives. J'en tiendrai d'autres.

Il se tourna solennellement vers le reste de l'assemblée en brandissant sa coupe.

— J'annonce à tous que j'offre sur ma part double butin à Ulysse et aux siens et que je proclamerai partout la valeur de son nom et son intelligence de tacticien...

Il ajouta à l'intention du général achéen :

— Je vais cependant te confier mon secret désir, mon ami : celui que tu m'accompagnes en Argos. Depuis que j'en suis parti, mon cousin s'en occupe à ma place mais c'est un incapable. J'ai besoin d'un homme habile et fin diplomate qui remette mon royaume en bonne marche : acceptes-tu ?

Ulysse fut pris de court par la proposition.

— C'est une grande marque de confiance, répondit-il avec prudence, mais je crois que ton cousin prendrait vite ombrage de ma présence. Et moi, je ne désire aucun empire, seulement le retour dans mon foyer.

Agamemnon parut aussi touché qu'ébranlé par ces paroles de bon sens.

— Je perds un précieux allié, mais je ne saurais exiger de toi un autre sacrifice. Rentre chez toi, puisque c'est ton vœu le plus cher.

Ajax se fraya soudain un passage parmi l'assemblée en tirant par les cheveux une femme en guenilles qu'il jeta sans ménagement aux pieds du roi d'Argos.

— Pardon d'interrompre vos adieux, aboya le géant hilare, mais Troie ne nous avait pas livré toutes ses surprises ! J'ai trouvé cette folle cachée au fond du temple d'Athéna. J'ai dû la porter sur mes épaules jusqu'ici mais j'ai pensé qu'elle vous distrairait...

— Par exemple, siffla Agamemnon en se penchant sur la prisonnière. Je te reconnais, femme... Tu es l'oracle Cassandre, la fille de Priam.

La devineresse se redressa sur ses avant-bras, secouant sa chevelure ébouriffée et feulant comme un chat sauvage. L'expression féroce qui tordait ses traits anguleux, l'éclat de ses yeux injectés de sang firent frissonner les hommes et certains ne purent réprimer un mouvement de recul superstitieux.

— Pauvres fous! cracha Cassandre. Vous fêtez votre victoire sur les cadavres de mon père et de mon frère? Vous croyez que les dieux laisseront votre crime impuni? Vous serez bientôt châtiés à votre tour.

Elle sortit fiévreusement d'un pli de sa robe ses amulettes noires et un peu de cendre qu'elle jeta devant elle et, tandis qu'elle esquissait de larges passes au-dessus des pierres magiques, un courant d'air glacé gifla la tente.

— Ô dieux de l'Olympe! invoqua-t-elle d'une voix rauque. Parlez-moi pour la dernière fois! Vous avez trompé les Troyens, vous me devez d'annoncer à leurs vainqueurs le sort terrible que vous leur avez dicté.

Cassandre se contorsionna, tendit les bras, appelant de tout son être la réponse tant attendue. Un rictus tordit bientôt ses lèvres.

— Je comprends, ô dieux, gronda-t-elle avec amertume, maintenant tout est consommé !

Elle partit d'un rire dément et se redressa dans une posture farouche, fixant tour à tour les rois effrayés.

— Aucun de vous ne reverra sa patrie, annonça-t-elle d'une voix lugubre, et ceux qui par bonheur surmonteront les pièges de la mer seront attendus par les complots et la mort dans leurs murs. Agamemnon, tu seras le premier frappé car tu es le premier responsable des massacres. Puis votre tour viendra, vous tous, l'un après l'autre...

Le chef de l'Alliance blêmit à cette prédiction mais il se garda d'interrompre la magicienne qui poursuivait, implacable, en toisant les généraux grecs, à commencer par celui qui l'avait capturée :

— Toi, prince de Salamine, ton navire se brisera et ton corps sera déchiqueté par les rochers.

— Je crois que tu m'aimes déjà, fanfaronna Ajax, peu enclin à se laisser impressionner.

— Toi, Ménélas, poursuivit Cassandre, si tu ne procèdes pas à un sacrifice aux dieux avant ton départ, la mort t'attendra à Sparte, et Hélène suivra ton convoi funéraire avant d'être assassinée à son tour.

— Que cette sorcière soit emportée aux Enfers chez Hadès ! rétorqua Ménélas. Je n'offrirai aucun présent aux dieux qui m'ont infligé de telles humiliations. J'ai vécu mille morts et je devrais les en remercier ? Savent-ils ce qu'éprouve un mari qui sait sa femme chaque nuit entre les bras d'un autre ? Quels cauchemars sont les siens ? Imaginent-ils les serpents qui ont dévoré mes entrailles tout ce temps ? Qu'on emmène cette furie loin d'ici.

Les soldats hésitèrent à s'exécuter car Cassandre se présentait maintenant devant Ulysse et chacun voulut tendre l'oreille à la prophétie qui le concernait. Elle le dévisagea d'un regard noir comme un puits sans fond, que le jeune Achéen soutint sans faillir.

— Que ma salive soit le poison qui te perdra en mer, roi d'Ithaque ! Car jamais ta voile n'arrivera en vue de tes côtes. Tu souffriras mille morts car tu erreras sans fin sur les océans, repoussé d'île en île jusqu'à ce que tu succombes de vieillesse et de désespoir. Ta femme deviendra celle d'un autre et ton fils aura la gorge tranchée la nuit où il découvrira l'amour véritable. Ainsi ont décidé les dieux car...

Ajax ne la laissa pas achever. Il la frappa rudement au visage et elle tomba inconsciente parmi ses pierres de divination qui s'enfoncèrent dans le sable...

— Quelle harpie! s'exclama le géant. Mais elle me convient et si personne ne me la dispute, je l'emporte avec moi. J'ai toujours aimé les femmes de tempérament. Après quelques semaines en mer, elle finira par apprécier ma valeur.

Sur ces paroles, il la jeta sur son épaule comme un fétu de paille et quitta la tente. Ulysse fixa un point devant lui, comme s'il pouvait distinguer les profondeurs d'un gouffre visible de lui seul. Diomède lui posa une main sur l'épaule, ce qui le fit tressaillir.

— Elle peut toujours cracher son venin, lui souffla-t-il, ce ne sont jamais que des paroles nées d'un esprit malade.

Interloqué par cet épisode effrayant, Agamemnon lui-même tarda à dissiper l'ombre que les sinistres prophéties avaient jetée sur les réjouissances. Il commanda de remplir les coupes pour conjurer le mauvais sort. Ulysse tendit la sienne pensivement, la gorge sèche, s'efforçant de faire bonne figure.

— Buvons à la gloire des dieux qui nous ont offert la victoire ! dit le roi d'Argos. Et buvons à une mer calme et un heureux retour, chacun dans sa patrie.

Comme sa main tremblait, il renversa un peu de vin sur le tapis, que celui-ci absorba telle une bouche assoiffée...

Chapitre 15

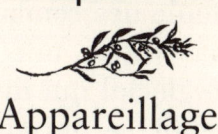

Appareillage

Les puissantes cornes résonnèrent sur l'étendue du rivage de Dardanie pour saluer le départ des vainqueurs et, à ce signal, l'armée grecque forma une haie d'honneur au passage de la procession solennelle des rois qui remontaient à bord de leurs navires. En tête, un lourd palanquin aux rideaux brodés d'or, soutenu par quatre esclaves troyens, emportait la reine Hélène vers le navire de son époux Ménélas. À son passage, les hommes scrutèrent les voiles opaques, cherchant à deviner la silhouette de cette beauté sans pareille pour laquelle ils avaient donné leur sang et leurs larmes. Quand la chaise s'arrêta au pied de la galère spartiate, chacun tendit le cou pour rassasier sa curiosité, mais d'Hélène, l'armée ne distingua qu'un spectre recouvert de soie des pieds à la tête qui grimpa sur la passerelle d'une démarche mal assurée.

Ménélas lui prit délicatement la main, quoique sans chaleur, et présenta sa reine retrouvée à la foule des combattants. Ceux-ci ne laissèrent pas filtrer une seule acclamation. Un silence glacial qui disait assez leurs reproches accueillit ce qui scellait la fin de leurs souffrances. Face à ces milliers d'accusations muettes, Hélène fléchit les genoux de remords et d'humiliation, si bien que son époux dut la faire transporter hors de vue de la foule pour la ranimer. Bientôt, les voiles spartiates claquèrent dans le vent et, lentement, les galères de Ménélas s'éloignèrent vers le large...

Toutefois dans les rangs de ceux qui observaient son départ, certains murmuraient avec crainte :

— Au moins, Agamemnon a sacrifié des bœufs avant son départ, mais Ménélas a refusé de faire la moindre offrande.

— Il risque de payer cher son orgueil.

— Il paraît qu'une sorcière troyenne a jeté une malédiction sur notre retour.

— Mauvais présage...

Après avoir assisté à ce protocole, les autres rois de l'Alliance se séparèrent avec des accolades émues, en s'offrant symboliquement des présents, et, une par une, les escadres naguère réunies sous une même bannière, s'envolèrent par des routes opposées. Ce que la guerre avait tissé, la paix le défaisait. Parmi ces amis d'un temps surgiraient les adversaires de demain, mais l'heure était encore à l'ivresse de la victoire... À son tour, Agamemnon se hissa sur son trône, fixé à l'arrière de son colossal bâtiment, fort d'une double rangée de rameurs sur chaque bord. Il adressa le signal qui marquait le retour vers Argos et, en un clin d'œil, ses noires galères gorgées de leur butin et d'esclaves déployèrent par centaines leurs ailes sur la mer azurée, mettant le cap droit sur le couchant. Puis ce fut au tour d'Ajax d'ordonner la manœuvre, tout en poussant devant lui Cassandre enchaînée. Un à un, les héros quittaient pour toujours cette enclave où ils avaient brûlé neuf ans de leur existence. Poussées par un vent favorable, les galères disparurent rapidement dans le lointain.

Juché à l'écart sur les dunes, le front appuyé contre une lance, Ulysse avait assisté à cet impressionnant cérémonial avec une mine songeuse. Pour ce jour de liesse, il avait cerclé ses longs cheveux dorés d'un lacet de cuir, dégageant son front haut et soucieux. Il avait revêtu l'armure d'Achille qu'ombrait une ample cape rouge. S'il avait répugné à la porter jusqu'ici, il estimait qu'en ce jour de délivrance, c'était un peu partager le triomphe final avec son ami défunt. Brusquement, il n'était plus si pressé de quitter cette contrée maudite, comme s'il avait peine à tendre la main pour s'emparer du bonheur de ce retour trop longtemps convoité. Il n'entendit pas sur-le-champ les pas qui se pressaient derrière lui et il sursauta quand une main se posa sur son épaule.

— Ulysse! Mais qu'attends-tu?

Le jeune général battit rapidement des cils, comme tiré d'un songe et dévisagea le personnage entre deux âges, au visage anguleux et aux yeux noirs, qui le saluait rapidement. Il était entouré par des hommes d'Ithaque qu'il connaissait bien : Anticlos aux yeux doux et son compère Antiphos le mal embouché, Elpénor, le bellâtre moqueur.

— Oui, Euryloque? fit Ulysse. Où en sont les préparatifs?

— Mais ils sont achevés depuis des heures et les hommes t'attendent, général! répondit le maître d'équipage. Nos galères sont les dernières! Agamemnon a fait porter tellement de richesses à notre bord que nous avons dû abandonner des vivres ! À choisir, mieux vaudra s'approvisionner en route. Une livre de viande ne vaut pas une livre d'or, pas vrai ?

— Cela dépend des circonstances, Euryloque... estima Ulysse.

Le maître d'équipage sourit niaisement. Au cours de ces années de siège, il avait eu pour tâche principale de veiller sur les douze navires de la modeste flotte rassemblée par son roi. Accaparé par l'intendance et les travaux d'entretien, il n'avait suivi que de loin les épisodes douloureux qui avaient mené jusqu'à la victoire. À ses côtés, Elpénor, Anticlos et Antiphos s'étaient en revanche avérés de fidèles compagnons dans la mêlée et ils se dévisagèrent en souriant.

— Nous sommes couverts d'or grâce à toi, Ulysse ! s'enflammèrent-ils. Notre retour en Ithaque fera de nous les plus riches du pays et toi le plus vénéré des rois ! Mais tu devrais venir : beaucoup de volontaires nous ont rejoints.

— J'ai même dû en refuser, pesta Euryloque. Personne n'est dupe. Ils veulent une part supplémentaire du butin.

— Ta renommée est devenue immense, seigneur, attesta Elpénor.

— Et pourtant, tu es inquiet, soupçonna le roi d'Ithaque. Qu'as-tu à me dire ?

Surpris que son roi ait percé ses pensées intimes, Elpénor consulta ses amis avant de se décider à dévoiler ses craintes.

— Une méchante rumeur s'est répandue selon laquelle une prêtresse de Troie aurait jeté une malédiction sur notre retour. Réponds-moi sincèrement : est-elle fondée ?

— Tout dépend de si tu crois aux malédictions, mon ami.

— Les oracles ne sont-ils pas inspirés par les dieux en personne ?

— Les paroles ne sont rien comparées aux actes. Je n'ai encore jamais vu aucune d'elles soulever un rocher ou envoyer un bateau par le fond. C'est à nous et à nous seuls de décider de notre destin, mais sache-le : je ne laisserai aucune malédiction me barrer la route. Nous avons trop souffert pour être le jouet d'une quelconque magie. Allons, puisqu'il est l'heure...

Ulysse suivit ses hommes à travers les dunes peignées par le vent d'est. Le temps était clair, l'horizon dégagé. En cet instant, ses funestes pressentiments se dissipèrent comme brume au soleil. Il refusait de croire aux présages défavorables. Quand il descendit vers la crique abritant ses douze vaisseaux, il fut stupéfait de constater que plus de deux cents hommes l'attendaient sur le pied de guerre. À sa vue, ils poussèrent des acclamations qui résonnèrent entre les falaises, agitant leurs casques et leurs javelots. Confus, Ulysse n'eut d'autre solution que de grimper sur un rocher assez haut pour être vu de tous. Il calma la ferveur de ses soldats en agitant les bras, avant d'annoncer d'une voix solennelle :

— Beaucoup d'entre vous ne sont pas d'Ithaque, je le sais, mais ayant tout perdu, ont choisi de passer sous mon commandement et de ramer sous mes ordres avec l'espoir de s'installer dans nos îles. Mon royaume est un bel endroit où vivre et prospérer. Le blé et l'orge y poussent sans effort. Les oliviers offrent leur ombre pendant les chaleurs d'été et les troupeaux de chèvres et de moutons fourmillent sur les collines. Les montagnes nous protègent du vent et la mer y est d'une couleur à nulle autre pareille. Nos femmes sont belles et travailleuses... Elles n'ont pas un caractère commode, mais c'est ainsi qu'on répugne à les quitter pour d'autres !

Des rires accueillirent la tirade mais, plus encore, les visages burinés des soldats se parèrent d'une confiance indéfectible dans le jeune chef de guerre maintenant auréolé d'une gloire sans égale. Ils avaient devant eux le stratège qui avait mis fin à leurs souffrances, l'homme qui avait forcé les murailles de Troie par son ingéniosité et son imagination. Ils avaient admiré Achille, craint Agamemnon, mais ils aimaient Ulysse parce qu'ils avaient le sentiment, tout roi qu'il était, de trouver en lui un semblable habité par les mêmes craintes et les mêmes espoirs.

— À quiconque me suivra en Ithaque, enchaîna Ulysse, je promets un foyer et une terre. Il pourra la faire fructifier grâce à sa part de butin en achetant des troupeaux et des semences. Bien sûr, je prélèverai ma taxe sur tant de générosité...

Les acclamations redoublèrent, qu'Ulysse dut apaiser du geste avant de conclure :

— Quant à ceux qui redoutent les vents contraires, j'affirme devant vous qu'il n'y a aucune malédiction qu'on ne puisse combattre, aucune adversité qu'on ne puisse surmonter. Contre la cruauté du destin, il n'y a que le courage des cœurs et la volonté de l'esprit. Ainsi je vous fais le serment que nous arriverons à bon port. Maintenant, chacun à son poste !

Il sauta du rocher et il n'eut pas plus tôt touché le sable que les hommes l'entourèrent pour le féliciter avec chaleur. C'était à qui toucherait son manteau, son armure ou ses jambières, comme si un peu de cette gloire pouvait rejaillir sur ces mains rudes et desséchées. Seul Euryloque conserva le front soucieux après cette intervention, et c'est avec la mine sombre qu'il se retourna vers les natifs d'Ithaque en maugréant :

— Ulysse est trop fier. Il méprise les oracles. Pas même un sacrifice avant le départ, ça nous portera la poisse, c'est certain !

Ses paroles furent emportées par les vivats alors que le roi grimpait fièrement sur la passerelle du navire de commandement, l'épée battant sa cuisse et la lance au poing. Épéios s'inclina devant lui et, cachant mal son affection, lui prit les mains dans les siennes.

— Seigneur, j'ai inspecté les quatre coins de nos navires et ils sont prêts à affronter les pires tempêtes.

— Je compte sur toi et tes charpentiers pour y veiller.

— Sans toi, nous aurions eu notre tombe dans cette maudite plaine, mon roi, ajouta Épéios. Je t'implore de donner le signal à ton tour ! Nous sommes les derniers à partir...

Et sans transition, il se retourna pour houspiller ses artisans.

— Et alors? Qu'attendez-vous en me regardant ainsi? Le travail se fera-t-il tout seul?

Selon son habitude, il se mit à courir d'un bord à l'autre, bousculant les uns et les autres, veillant aux cordages et au matériel en bougonnant, plaisir dont il avait été privé depuis de si longues années. Ulysse inspecta le pont, puis, adressant un signe à Polytès, le pilote aux longues nattes noires et à la barbe fournie, lui lança :

— Paré à lever l'ancre! Armez les rames! Cadence réduite!

Ulysse avisa soudain parmi les nageurs souquant à ses pieds une figure bien connue qui lui souriait avec malice. Diomède avait pris place sur les bancs et tirait sur son aviron comme les autres. Décontenancé, le général achéen se pencha vers lui.

— Tu es grotesque! Nous disposons de plus de rameurs qu'il n'en faut mais, en revanche, j'ai besoin d'un conseiller sur le pont!

— Je tiens à payer ma traversée, s'obstina Diomède. Que fais-tu de ma dignité?

— Je trouverai bien un moyen de l'employer. Allons, grimpe!

Il lui tendit la main et son ami se hissa sur le pont sous les huées complices, aussitôt remplacé par un volontaire. Tous respectaient ce guerrier intègre au caractère bien trempé qui s'était si souvent illustré sous les remparts de Troie aux côtés de leur chef. Chacun avait vu comme un bon présage sa décision de participer à ce voyage et personne ne trouva à redire, à l'exception du bougon Euryloque.

— Qui est ce bougre ? demanda-t-il à Épéios qui passait par là.

— Traite-le avec respect, repartit le charpentier, car s'il en est un qui mérite sa place parmi nous, c'est bien lui. Tu n'étais pas comme moi dans le ventre du cheval... C'est vrai que tu frisais tes boucles la plupart du temps à l'arrière. Tu n'as pas assisté à nos faits d'armes !

— Qu'est-ce que ça veut dire, cette allusion ? se vexa Euryloque. J'ai eu mon quota d'ennuis si tu veux savoir ! J'ai des cales plein les doigts à force de raboter les traverses !

— Ou de te curer le nez ! se moqua Elpénor qui passait par là.

Les navires renfloués par la marée craquèrent de toutes parts, annonçant le départ inéluctable, quand la puissante voix de Polytès se fit entendre depuis la gouverne :

— Nous avons laissé quelqu'un !

Ulysse se tourna aussitôt vers la grève et aperçut un homme efflanqué qui titubait sur le sable en agitant ses bras avec désespoir.

— C'est Sinon ! s'exclama Ulysse. Qu'est-ce qu'il fait là ?

— Il faut croire que personne n'en a voulu, railla Diomède. Pas étonnant ! C'est une feuille au vent, toujours au côté du plus fort ! À présent, il a perdu ses maîtres et ne sait plus vers qui se tourner.

Cet homme seul et abandonné de tous émut le cœur du roi d'Ithaque. Il n'avait jamais apprécié le devin déchu mais se sentit incapable de le sacrifier. Aujourd'hui, sous ce soleil clément, les torts de chacun ne devaient-ils pas être pardonnés ?

— Je me suis juré de ne laisser personne en arrière, soupira-t-il.

— Tes hommes risquent de ne pas apprécier sa venue, observa Diomède. Il est détesté.

Plaçant ses mains en porte-voix, Ulysse héla l'infortuné :

— Si tu peux nager jusqu'à nous, roi des fous, nous t'embarquons ! Sans quoi, tu nourriras les poissons...

Diomède observa la réaction de l'équipage : la réputation de Sinon était bien établie et des «ouh» de réprobation s'élevèrent à cette proposition. Pourtant, quand l'amuseur d'Agamemnon se mit à l'eau pour battre piteusement bras et jambes, la bonne humeur revint aussitôt et Diomède dut admettre qu'Ulysse était un maître dans l'art de la malice. Du mécontentement, les hommes passèrent rapidement à l'amusement en prenant les paris que le perfide Sinon n'arriverait pas jusqu'à eux. Quand il fut sur le point de couler, à quelques brasses de la coque, ils trouvèrent alors normal en leur noblesse de marins qu'Ulysse lui lance une corde pour le repêcher. Ainsi Sinon sauva-t-il sa vie au prix de quelques moqueries et d'un bol d'eau salée... Sitôt sur le pont, il se prosterna devant le roi d'Ithaque et lui enserra les genoux en sanglotant :

— Merci, seigneur, vous êtes mon nouveau maître ! Ne me tuez pas, j'ai le caractère accommodant ! Je suis une pâte qu'on met dans tous les moules. Ne vous ai-je pas bien servi, même si je ne l'ai pas fait exprès ?

— J'espère pour toi que tu sais ramer, glissa fielleusement Épéios, ou faire un nœud.

— J'ai appris le secret des oracles de la bouche de la princesse Cassandre.

— La belle affaire, renchérit le maître charpentier, il est même incapable de prévoir le temps qu'il fait !

— Je vous serai utile, plaida Sinon, craignant de se voir rejeter. Tiens, j'ai encore le collier, on peut y passer une bonne chaîne et me traîner partout. Je sais même aboyer.

— Misère, je vais vomir ! se lamenta Épéios en préférant retourner à ses affaires.

Ulysse considéra l'infortuné et fit jaillir un couteau à lame triangulaire dans son poing. Sinon préféra fermer les yeux, convaincu de sa fin imminente. Mais le roi d'Ithaque se contenta de trancher net le collier de cuir qui mordait les chairs de son cou. Le Troyen n'en crut pas ses yeux, tandis qu'il contemplait les fragments de cuir entre ses mains.

— Ah... Seigneur ! Je suis libre !

— Relève-toi, Sinon... conseilla le chef de guerre. Sur ce navire, tu seras traité en égal des autres. Il n'y a pas d'esclaves sous mon commandement, seulement des hommes libres. Tu sais jouer d'un instrument et déclamer des poèmes ? Tu seras donc notre aède officiel. Tu trouveras sans doute une lyre dans le butin. Prends-la. Tu nous distrairas les jours de calme plat et de nuit sombre.

Les navires mirent le cap vers l'ouest et doublèrent l'île de Ténédos avec la majesté d'un vol de goélands. Ulysse donna ordre de lever les rames pour déployer la voile, puis, appuyé sur le bastingage, il regarda s'éloigner cette côte de Dardanie dont il avait mangé la poussière durant tant d'années. Quand elle ne fut plus qu'une ligne ocre sur l'horizon, il sentit des larmes brûler ses yeux pour la première fois depuis son départ d'Ithaque...

Chapitre 16

L'eau et le feu

Loin du fracas des guerres et des incendies, des murailles écroulées et de la férocité des hommes, un indigène à peau d'ébène, long et souple comme un roseau, courait à travers la jungle sauvage. Armé d'un simple bâton noueux, il traversait avec légèreté la végétation suintante, ignorant les cris des singes et l'imprécation des oiseaux. Un manteau rugueux flottait sur ses épaules étroites dont le capuchon recouvrait pour partie son visage étroit cerclé d'un collier de barbe argenté.

Depuis quelques instants, la lionne à robe grise l'avait pris en chasse en prenant bien soin de ne pas laisser ses oreilles émerger des taillis. Il était rare qu'un félin de cette taille chasse à couvert. Il s'agissait probablement d'une vieille femelle abandonnée par sa troupe, affamée et aigrie, qui ne trouvait plus de pitance que parmi les rongeurs et les serpents. Elle accéléra progressivement en incurvant sa course et c'est alors que le coureur l'aperçut, prête à bondir. Il avait encore le temps de se réfugier dans les arbres – bien qu'il ait souvent observé des lions s'y aventurer – mais il semblait décidé à défier la prédatrice et allongea sa foulée jusqu'à la lisière de la forêt. Il déboucha dans la lumière crue, presque aveuglante de la steppe africaine, brossée d'herbes jaunes qui se balançaient au vent d'ouest. La lionne donna un dernier coup de jarret et bondit sur sa proie, les pattes en avant et la gueule ouverte. L'indigène se retourna brusquement et sourit. Un éclair jaillit de son bâton et l'infortuné félin se pulvérisa en plein vol. Ses cendres éparses, aux reflets curieusement argentés, retombèrent parmi les herbes sèches, dont il s'éleva une fumée fragile.

Le voyageur reprit son allure comme si de rien n'était. À peine les chaumes ondulaient-ils à son passage rapide et feutré. Il arriva bientôt en vue du village qui se dressait dans un repli de terrain, une poignée de huttes en terre à toit de paille, dressées sur les bords d'un cours d'eau presque asséché. Des femmes noires et plantureuses s'affairaient torse nu autour d'un four artisanal en argile d'où s'exhalait une appétissante odeur de galette. À l'approche de l'étranger, des enfants piaillèrent et des guerriers armés de lances sortirent vivement des habitations. L'étranger n'entendait pas les effrayer et leur adressa de loin un signe de paix. Les villageois se concertèrent, avant de déléguer l'un d'eux pour s'enquérir des raisons de sa visite, ainsi que l'exigeait la coutume de ces peuplades reculées du monde. C'était probablement un chaman à en juger par le collier de fétiches en ivoire taillé qu'il portait au cou. Il détailla avec méfiance le nouveau venu et quelque chose dans son apparence dut le troubler car il inclina respectueusement le front plusieurs fois en débitant des phrases courtes dans un dialecte peu usité. Le coureur rejeta son capuchon, découvrant son noble visage aux traits allongés, au regard clair et pénétrant. Il lui répondit sur le même mode, avec amabilité :

— Ne crains rien. Je viens en paix. Offre-moi l'ombre d'un seuil agréable et je m'en irai quand mes forces seront revenues.

Le chaman s'en repartit en tremblant vers son camp où il rapporta la requête pacifique. Un bref conciliabule se tint entre les guerriers. Il fut admis que ce grand étranger d'un âge déjà vénérable ne représentait guère de danger et on le convainquit d'approcher par des gestes de bienvenue. Le coureur des savanes traversa le ruisseau et pénétra dans le village en saluant gravement. On lui désigna le seuil de la hutte la plus vaste, où devaient se tenir les réunions et les fêtes et il s'assit à même la terre craquelée, son bâton noueux entre les genoux. Le chaman poussa une jeune fille craintive à lui apporter un peu de lait dans un bol de bois, et il le but avec respect en ayant conscience d'être la cible de tous les regards. Les enfants l'observaient à la dérobée et il leur sourit.

— J'ai été élevé au lait de chèvre, lança-t-il en rendant le bol vide, et celui-ci est des meilleurs. Je te remercie pour ton hospitalité. Avant la fin du jour, toi et les tiens ne regretterez pas de m'avoir offert l'asile.

La fille s'en retourna et rapporta les paroles du voyageur. Puis la curiosité s'estompa peu à peu, et chacun retourna à ses tâches. Le coureur s'assoupit, ou du moins il ferma ses yeux à moitié, à la manière d'un chat, et parut ne plus respirer. Une rumeur parcourut soudain la tribu. Quelqu'un d'autre arrivait par le même chemin que l'étranger et la coïncidence sema le trouble. On s'interrogea. On se querella même, hésitant sur la décision à prendre. Mais le deuxième voyageur était une voyageuse, une jeune Nubienne couverte d'une peau de lionne et parée de bijoux d'ivoire. Sa silhouette gracile d'antilope, sa peau d'ébène au grain parfait, la beauté fascinante de ses lèvres ourlées eurent rapidement raison des méfiances. Le chaman se dévoua avec plus d'entrain pour s'enquérir des désirs d'une telle princesse apparemment égarée.

— Je suis les traces de mon père, répliqua-t-elle d'une voix douce et prenante. Permets-moi de le rejoindre et de me rafraîchir en sa compagnie...

Comme elle ne semblait rien désirer de plus, le chaman se fit un devoir de l'accompagner jusqu'au voyageur – chassant du geste les guerriers qui, sur leur passage, agitaient leurs lances et bombaient le torse. Le vieil homme s'éveilla à son approche et lui sourit avant de l'inviter d'un geste tendre à s'asseoir près de lui. La tribu au grand complet se rassembla autour d'eux, épiant ce couple étrange. Ces étrangers paraissaient anormalement beaux et leur ressemblance laissait supposer qu'il s'agissait bien d'un père et d'une fille. Un nuage de poussière se leva soudain, aveuglant les curieux avant de les disperser tels des oiseaux.

— Je n'aime pas être observée de cette manière, se fâcha la princesse en posant la joue sur l'épaule du vagabond.

— Sois indulgente.

— Zeus mon père, j'ai eu du mal à te trouver. C'est à croire que tu délaisses ton palais...

— Athéna ma fille, un dieu n'est dieu que s'il s'évertue à comprendre ses sujets. Cet endroit du monde est fascinant à bien des égards car il recèle les sentiments bruts des humains. Ici, ni palais ni richesses, mais une vie simple et âpre.

— Ces tribus sont les plus barbares qu'il m'ait été donné de voir...

— Sans doute, mais elles portent en elles des trésors insoupçonnés.

— Que me veulent ces guerriers?

Zeus laissa échapper un petit rire entre ses dents.

— Ton déguisement est trop parfait, commenta-t-il, et il est naturel ici devant une riche princesse égarée dans la savane, épargnée par les lions, d'envisager un mariage...

— Aucun homme ne me touchera, prévint Athéna. Ceux qui ont essayé séjournent chez Hadès, au royaume des Enfers.

— Calme ton orgueil, conseilla Zeus, et réjouis-toi de cette admiration qu'on lit dans leurs yeux. Vois comme elle est sincère...

Athéna leva les yeux vers son père.

— Troie est tombée, lâcha-t-elle dans un souffle, et le conseil des dieux te réclame sur l'Olympe. Apollon se lamente et ton frère Poséidon promet un ouragan.

Zeus exhala un soupir, qui, se transformant en vapeur d'eau, gela sur ses mains. Il se nettoya le visage de la sorte et ferma les yeux avec satisfaction.

— Si ce n'était la chaleur, rêva-t-il, j'aimerais demeurer ici éternellement pour étudier ces gens. Ils ont des mœurs autrement plus fascinantes que celles en vigueur dans nos mondes que l'on dit civilisés. Si tout était resté ainsi, comme autrefois, avant ta naissance, je n'aurais ni autant de travail, ni autant d'inquiétudes. Mais les hommes ne tiennent pas en place. Ils grandissent et changent trop vite à mon gré.

— Père, Poséidon est ulcéré par le sort qu'Agamemnon a fait subir à sa ville préférée.

— J'ai vu la cité de Priam tomber et la flotte grecque quitter le rivage, soupira-t-il. Une guerre en entraîne toujours une autre et une autre... C'est sans fin. Rien ne semble apaiser l'âme humaine. Crains-tu la colère de Poséidon ?

— Non, se récria Athéna. Non bien sûr. Je suis prête à l'affronter, si nécessaire...

— Et tu aurais tort. Mon frère est le pire ennemi que nous ayons. Il ne rêve que d'une chose : prendre mon trône. La Terre et la Mer s'opposent depuis la naissance du monde, c'est dans l'ordre des choses. Il ne faut pas prendre la colère de Poséidon à la légère. Il va utiliser Troie comme prétexte pour tenter de saper mon pouvoir en nous divisant.

— Ce ne sera pas la première fois qu'il y aura de l'orage entre vous deux...

— C'est différent cette fois. Troie devait résister et les Grecs se briser les dents sur ses murailles. J'avais arbitré en ce sens avant que Priam ne dépasse toute mesure et ne me fasse changer d'avis.

— Cette guerre devenait une boucherie qui allait décimer deux de nos meilleurs peuples pour des générations, plaida Athéna. Tu as sauvé ce qui pouvait l'être encore. C'était la moins mauvaise des solutions.

— Glorieuse idée que d'avoir soufflé à Ulysse le vol du Palladion, lui glissa Zeus.

— Ulysse a agi seul. Seul il a compris le moyen de pénétrer dans Troie. Seul aussi il a conçu et fait construire le cheval de bois, inspiré des Cavales. Si Agamemnon s'est comporté en boucher, il n'en est pas responsable.

— Ulysse Odysseus, fit mine de se rappeler Zeus, n'est-ce pas ce curieux roi d'Ithaque qui cultivait ses champs à l'arrière de son palais ? Oui, oui... Il me revient qu'il n'a guère de dévotion pour nous autres les dieux, qu'il consent rarement aux sacrifices en notre honneur – ou bien pour complaire à d'autres.

— Il ne nous demande jamais rien en retour non plus et en toute occasion il trouve en lui-même les ressources pour vaincre les obstacles.

— Oui, un curieux personnage... Quand il est si facile de nous supplier et de s'attirer nos bonnes grâces. Étonnant qu'il te fascine à ce point, toi que le simple regard des hommes met en colère...

Embarrassée, Athéna détourna ses yeux obliques :

— Il ne me regarde pas, père, et c'est pourquoi je l'apprécie. Il porte un amour profond à sa femme Pénélope, qu'il a quittée depuis tant d'années, un amour que rien ne saurait corrompre ou faire dévier. Pourtant, il sait que je rôde autour de lui. Il n'est pas dupe, mais il agit comme si de rien n'était quand d'autres se prosterneraient en de répugnantes supplications. Oui, je l'apprécie.

— Et tu es venue me relancer jusqu'ici pour me parler en sa faveur avant la tenue du conseil...

— Père, les autres dieux demandent la punition des généraux grecs et d'Ulysse en particulier. Une malédiction a été proférée par Cassandre, la devineresse...

— Oui, Cassandre... grogna Zeus entre ses dents. J'ai entendu ses paroles de souffrance. Nous devrons en infléchir les arrêts, sinon... Un instant, laisse-moi observer ce pour quoi je suis venu...

Athéna fronça ses sourcils arqués et scruta l'ouest. Une voile d'oiseaux s'était soudain élevée à l'horizon et, noircissant le ciel, passait au-dessus du village avec des cris plaintifs. En écho, des clameurs emplirent le village. Plusieurs indigènes mirent leur main en visière et Athéna comprit aussitôt le sujet de leur alarme : une fumée opaque s'élevait de la brousse. Poussé par le vent, un incendie arrivait droit sur les huttes. Athéna se retourna vers son père qui demeurait stoïque devant cette catastrophe soudaine, observant avec intérêt la réaction des villageois.

— C'est un sort bien injuste que tu réserves à ces gens qui t'ont accueilli... observa la déesse de la Sagesse. Les cendres de la lionne ont mis le feu à la steppe.

Zeus ne répondit rien. L'incendie alluma des braises dans son regard profond. Il n'esquissa pas un geste tandis que les guerriers partaient armés de dérisoires feuilles de palme et de cruches d'eau pour tenter de contenir la ligne de feu qui rongeait déjà les collines environnantes. Le maître des dieux les regarda lutter avec acharnement contre les flammes. Aveuglés par la fumée, ils durent pourtant céder le terrain pas à pas. Les femmes, paniquées, emportaient les enfants dans leurs bras. La marée de feu atteignit le frêle ruisseau et allait dévorer les premières cases quand des nuages noirs s'amoncelèrent soudain dans le ciel avec une rapidité foudroyante. Des trombes d'eau s'abattirent sur la savane en flammes, mouchant le brasier ainsi qu'une torche inoffensive. Un arc-en-ciel dessina son orbe opalescent dans le lointain et les villageois se mirent à danser de joie. Le ruisselet redevint torrent et on s'empressa de s'y baigner pour se laver des cendres. Pour un peu, Athéna se serait jointe à eux, tant elle était ravie de l'issue de cette catastrophe, mais elle eut tôt fait de maîtriser ses sentiments.

— Tu n'as fait qu'éteindre un feu que tu avais toi-même allumé, observa-t-elle.

Zeus lui sourit et se remit sur pied.

La seconde d'après, il était déjà loin dans la savane, comme porté par le vent.

Chapitre 17

Querelle en haut lieu

Zeus descendit de son arche de nuages et, à son approche, les portes colossales de son manoir s'ouvrirent sans un grincement. En franchissant le seuil de l'Olympe, il se défit comme par enchantement de son masque d'Africain. Son teint s'éclaircit et sa figure s'allongea jusqu'à devenir anguleuse ; ses yeux sombres s'élargirent, ses cheveux se bouclèrent en de longues mèches disciplinées. Appréciant l'apparence que lui prêtaient les citoyens d'Athènes ou de Sparte, d'Argos ou de Crète, il ressemblait à présent à quelque vénérable citoyen de ces augustes cités, mais il négligea de se défaire de son manteau indigène de toile grossière. Comme il s'avançait dans le vestibule de marbre, appuyé sur son bâton noueux, son pas jusqu'alors silencieux résonna soudain sous les voûtes vertigineuses, parmi les colonnades qui se perdaient dans la brume des hauteurs.

Éveillé par cet écho, un jeune homme jusqu'alors nonchalamment assoupi sur un fauteuil tressaillit vivement et, réprimant un bâillement, consentit à se mettre sur ses pieds ailés. Son corps était celui d'un adolescent frêle affublé de jambes trop longues et d'un torse mal proportionné. Sa tête oblongue parée d'oreilles pointues et décollées, son visage lunaire encadré de tresses brunes achevaient de lui donner une allure contrefaite qu'on aurait bien été en peine d'attribuer à tel ou tel défaut évident. C'était l'ensemble de sa personne qui inspirait une sorte de répugnance et ce regard peut-être trop clair, trop habile à sonder les esprits. Il se hâta vers Zeus en s'inclinant avec cérémonie :

— Quel soulagement de te savoir de retour, Ébranleur de l'Univers, Seigneur des Nuées! se pâma-t-il. Tu arrives à point.

— Pour mon malheur, répondit Zeus. Quelles sont les nouvelles, Hermès?

— Mauvaises, pour ne pas changer, se plaignit l'ambassadeur de l'Olympe, et tu aurais été bien inspiré, cher père, de revenir plus tôt pour t'en préoccuper...

Zeus poursuivit son chemin, laissant son regard vaguer parmi les galeries aux fresques gigantesques sculptées dans l'ambre qui contaient les épisodes des premiers temps du monde, quand Chronos et Rhéa, ses parents, régnaient sur la peuplade des Titans. Le maître des dieux sentit cette impénétrable lassitude l'envahir de nouveau. Que n'était-il resté au cœur de la savane, parmi les lions et les chacals ?

— Athéna m'a déjà fait part des remous que suscite la chute de Troie... Nous allons tenter de leur porter remède en... Hermès ?

Soit par distraction, soit par crainte, Hermès s'était volontairement laissé distancer en ce lieu où temps et espace se confondaient.

— Hermès ? répéta Zeus.

À cet appel impérieux, son étrange fils reparut aussitôt à ses côtés, la mine distraite. Il était ici, et cependant ailleurs.

— Tu m'as mandé, Maître des Forces du Chaos, Grand Ordonnateur de...

— Ne pourrais-tu un instant te consacrer sur une chose et une seule ? lui reprocha Zeus.

— Pardonne-moi, père, il se trouvait que...

Hermès s'interrompit. Zeus l'inspectait avec une curiosité renouvelée.

— Mon apparence te déplaît-elle autant pour que tu lui accordes une telle attention ? s'inquiéta le messager.

— Ce sont ces ailes à tes talons qui m'intriguent...

— Pardon, seigneur, je sais que tu recommandes aux dieux de prendre une apparence humaine afin de ressembler à l'idée qu'ils se font de nous... Mais ces ailes me sont réellement utiles, et je n'ai pu me résoudre à les enlever.

Zeus décida de remettre à plus tard les leçons de morale – dont il savait que le plus agité de ses fils ne tiendrait aucun compte – et poursuivit le cheminement de sa pensée :

— L'affaire troyenne a créé des tensions en mon absence ?

— Des tensions ? s'exclama Hermès. Nous sommes au bord de la discorde ! Athéna affronte les accusations d'Apollon et d'Aphrodite qui sont ulcérés par son alliance avec Ulysse – car nul n'est dupe que c'est le vol du Palladion qui a donné la victoire aux Grecs. Artémis est là aussi, dans le seul but de voir les deux sœurs se déchirer. Tu sais à quel point elle les déteste cordialement.

— Les Grecs seuls ont remporté la victoire, répondit Zeus. Mon frère Hadès est ici ?

— Il s'est fait excuser, ses affaires souterraines le retiennent.

— Comme d'habitude, regretta Zeus. Et Poséidon ?

— Il ne tardera pas, soupira Hermès, et je me vois contraint de t'ouvrir mes pensées à son sujet, Ébranleur des Nuées !

— Tu es mon messager, Hermès, mais plus encore mon fils et un précieux conseiller. Ta langue est aussi longue que ton esprit. Parle sans crainte.

— N'aborde pas Poséidon de front car il est hors de lui. Je connais le sujet qui vous divise mais mieux vaut négocier et ne rien imposer par la force. Il aimait Troie qui lui offrait plus que son content de sacrifices et il prend sa destruction pour un affront personnel. Apollon aussi appréciait la piété du vieux Priam et il est fâché que Pâris ait été abattu au pied de son autel. Il menace d'une éclipse solaire indéfinie si tu n'abats pas un cataclysme sur les royaumes grecs.

— Mon propre temple a brûlé aussi. Devrais-je détruire des cités entières pour la seule satisfaction d'une vengeance si puérile ? L'Humanité s'inflige ses propres maux sans avoir recours à nos sautes d'humeur.

Tout en discourant ainsi, ils traversèrent une enfilade de salles garnies de forêts et de sources au bord desquelles paressaient maintes créatures d'une beauté aguichante. Des fontaines ployaient sous des ruisselets d'argent. Des couches de plumes et d'or s'étageaient dans des amphithéâtres où les poètes défunts déclamaient leurs œuvres devant un public d'anciens héros. Des cortèges de danseuses aux longs cheveux, mi-humaines, mi-animales, folâtraient parmi les colonnes de marbre, qui captèrent un bref instant l'attention du dieu suprême. Il se reprit bien vite cependant pour se contraindre à gagner la salle du conseil. Sitôt qu'il en eut repoussé les vantaux, il fut assailli par le tumulte des conversations orageuses. Assemblés de part et d'autre du colossal trône de Zeus, les dieux s'invectivaient sans témoins. Apollon, maître du Soleil, révélait sous sa tunique ouverte cette musculature d'athlète dont les sculpteurs aimaient à s'inspirer. Il tempêtait de sa voix claire, presque trop aiguë, en levant un doigt accusateur.

— Et cela sera ainsi que je l'ai décidé, car il faut punir ces Grecs de leur arrogance et en particulier cet Ulysse de malheur qui a osé profaner mon temple.

Sa sœur Aphrodite à la beauté sans pareille le soutenait par des phrases douces et caressantes, dont les effets de persuasion étaient redoutables, même sur un esprit prévenu. Plus neutre, et ravie de voir son éternelle rivale brouiller sa beauté par des grimaces et des invectives, Artémis, la chasseresse au long corps de liane, s'appuyait pensivement sur la pointe de son arc en se gardant de prendre part à une rixe qui ne la concernait guère. À ses côtés, Dionysos l'aimable barbu, l'administrateur des réjouissances, soulevait sa bedaine en prenant une mine accablée devant ce déferlement de haine et de passion. Il ne comprenait rien aux choses de gouvernance, préférant s'intoxiquer de plaisirs simples et terrestres.

Bravant seule l'adversité, Athéna faisait front, vêtue d'une tunique vierge brodée d'or, ses fins cheveux couleur de bronze retenus par un bandeau de cuir. Appuyée sur sa redoutable lance, elle s'arc-boutait comme pour résister à des vents violents et son corps souple et tendu, son profil d'aigle encore aiguisé par la colère offraient l'image même de la résistance farouche. En remarquant la présence de Zeus, les adversaires se turent brusquement, et, muselant pour un temps leur rancœur, reprirent place sur les sièges qui leur étaient dévolus.

— Dois-je t'annoncer, Maître de la Foudre ? glissa Hermès, moqueur.

— C'est déjà fait, à mon avis, répondit Zeus en s'avançant.

Il n'accorda qu'un bref regard à l'assemblée et, dans un silence de plomb, gravit les trois marches qui surélevaient son trône de marbre blanc. Il prit place, puis posant le menton sur son bâton, couva ses protégés de son regard sombre.

— Réglons cette querelle... proposa-t-il sur un ton apaisant. Je comprends le mécontentement de ceux dont les temples ont été brûlés ou pillés dans la cité troyenne, mais il ne sera pas toléré de mesures de représailles contre les Grecs. Ils n'ont pas commis la première faute. Ils ont répondu à une agression. Les liens du mariage sont sacrés et Héra, mon épouse, en est la gardienne. En enlevant Hélène, fût-elle un temps consentante, Pâris a commis un crime qu'il n'a ni su ni voulu réparer. Cette interminable querelle devenait une tumeur dont le pus menaçait de s'étendre ailleurs.

Énonçant ce verdict, il quêta nonchalamment de la part d'Apollon un assentiment de circonstance que celui-ci accorda d'un mouvement de tête, les yeux baissés.

— Pas d'éclipse, nous en sommes d'accord? insista Zeus.

— Je ne saurais te désobéir, convint le dieu du Soleil. Pardonne mon emportement.

Zeus se tourna alors vers sa sœur Aphrodite. Celle-ci s'essaya aux mines charmantes qui d'ordinaire lui attiraient l'indulgence de son père mais se heurta cette fois à un masque impénétrable.

— Je ne rappellerai pas à la déesse de l'Amour, glissa le maître de l'Olympe, qu'elle fut à l'origine de ce conflit absurde en promettant à Pâris la plus belle femme sur terre en échange d'un certain vote en sa faveur lors d'une compétition de beauté entre mes filles? Ainsi ce prince, dont il n'était nul besoin de flatter l'orgueil déjà immense, se crut-il dans son bon droit en séduisant l'épouse d'un hôte bienveillant...

Aphrodite fixa la pointe de ses sandales d'or sans répondre, tandis que Dionysos acquiesçait vigoureusement ainsi qu'il le faisait toujours devant plus fort. Seule Artémis osa prendre la parole. Gardienne des chasses et des forêts, elle partageait avec Athéna, sa demi-sœur, un franc-parler qui savait s'imposer dans ces réunions où le tumulte dominait souvent.

— Poséidon n'aura pas ton indulgence, annonça-t-elle d'une voix assurée. Il veut punir les Grecs, et Ulysse en particulier. D'ailleurs, il est trop tard : la malédiction jetée par Cassandre modifie déjà le cours des destins. Les fils de l'avenir se sont disloqués puis reformés en figures imprévues. Nul ne peut s'opposer à la puissance d'une telle magie, pas même les dieux.

À ce rappel, Zeus s'agrippa des deux mains à son bâton, le long duquel il frotta pensivement sa joue.

— J'avais mis en garde contre cette prophétesse, rappela-t-il d'une voix assourdie, que j'avais chassée de l'Olympe. Quelqu'un parmi vous a jugé bon de passer outre mes conseils. J'ai entendu le verdict des pierres noires, mais qui les a manipulées ? Qui a soufflé à Cassandre cette malédiction qui va à l'encontre de ce que j'avais décidé pour l'issue de cette guerre ?

C'est l'instant qu'Hermès choisit pour attirer l'attention de son maître :

— Poséidon arrive, prévint-il, et je suppose qu'il apporte avec lui la réponse que tu attends...

— Poséidon, bien sûr... gronda Zeus.

D'un signe brusque, il congédia les dieux, qui se hâtèrent de disparaître, peu désireux d'être témoins de l'affrontement au sommet qui menaçait. Hermès se retira prestement après plusieurs révérences et Athéna s'apprêtait à lui emboîter le pas quand son père la rappela sur un ton abrupt.

— Pas toi, ma fille. Il ne suffit pas de déclencher les événements, il convient d'assister à leurs conséquences.

À contrecœur, Athéna le rejoignit près du trône, s'efforçant de maîtriser la crainte qui s'emparait d'elle. Au même instant, la nuit opacifia les hauts vitraux et une rumeur inquiétante résonna dans le manoir entier. Les murs vibrèrent d'un fracas inouï et soudain, débouchant de la galerie, une vague monstrueuse surgit dans la salle, balayant tout sur son passage. L'écume monta jusqu'aux cintres, prête à s'abattre sur le trône, mais elle resta comme suspendue, ondulation mousseuse et grondante. En dépit de sa maîtrise, Zeus resserra son poing autour de son bâton.

Un colosse écarta alors ce flot impétueux, cuisses larges et nues, épaules musculeuses, avec pour seul vêtement une toge liquide dont les plis ondoyants voilaient à peine ses parties intimes. Il ébroua sa longue crinière de lichens d'un bleu sombre et posa un pied sur la première marche du trône avant d'esquisser une révérence grossière.

— Je te salue, frère bien-aimé, tonna Poséidon, et toi aussi, chère nièce, encore que j'aurais quelques griefs à faire valoir à ton encontre.

— Moi aussi je te salue, répondit Zeus avec une fausse bonhomie. Es-tu obligé de paraître devant moi avec un tel fracas, en usant de cette taille disproportionnée ?

— Je suis un dieu et j'apparais comme bon me semble, rétorqua Poséidon. Tu aimes peut-être imiter les mortels en te travestissant à leur manière. Il n'est qu'à regarder ton costume de nègre pour deviner d'où tu viens.

— J'arrive en effet d'Afrique où j'aime observer ce qui se trame, car ce fut le berceau de la civilisation des mortels.

— L'Afrique ! Je m'arrête au Nil, c'est bien assez. Crois-tu que ces barbares d'humains nous vénéreraient si nous n'avions le pouvoir de prendre des formes terrifiantes ? Je suis tel qu'ils me rêvent. Tel qu'ils me craignent. Aussi ne compte pas sur moi pour complaire à tes ridicules consignes.

— Je t'en exempte bien volontiers, admit Zeus, puisque tu ne vis pas entre ces murs, mais dans les profondeurs des océans.

— Tu es trop généreux! grinça Poséidon en plantant devant lui son trident aussi long qu'un arbre. Tu connais la raison de ma venue : nous devons crever l'abcès au sujet de certain litige.

Zeus attendit que l'écho du bronze se dissipe avant de répliquer :

— Tu viens certainement m'expliquer de quelle manière, ayant bravé mon interdit, tu as murmuré à Cassandre certaine malédiction dont nous allons devoir assumer les suites?

— J'ignore de quoi tu veux parler.

— J'ai partagé le monde en trois parties, rappela Zeus, et j'avais cru apaiser tes ambitions en te confiant la plus vaste d'entre elles...

— Les eaux, oui! Le bel héritage! Je dois trouver mes compagnes en abordant des îles tel un phoque!

— Tu aurais préféré le royaume souterrain de Hadès?

— J'aurais préféré le tien, avoua Poséidon avec cynisme, or celui-là, tu as pris soin de le conserver sans partage. Mais tu parlais de Cassandre? N'est-ce pas cette prêtresse qui a autrefois volé à Apollon certain secret dans l'art de la divination ? N'est-il pas alors responsable de lui avoir transmis un savoir aussi précieux ? Elle a prédit le sort qui attend ces maudits Grecs et je ne trouve rien à redire. J'entends que tu serais d'un avis opposé ?

Zeus serra les mâchoires devant une telle arrogance, mais se garda de montrer la mauvaise humeur qui couvait en lui, se rappelant peut-être les conseils d'Hermès.

— N'insulte pas mon intelligence, Poséidon. Ce que tu sais, je le sais aussi. Ce que tu complotes, je le déchiffre comme un dessin sur les nuages. Apollon pleure son temple profané, Aphrodite gémit et ensorcelle, ainsi qu'elle en a l'habitude, à cause du défunt Pâris qu'elle a toujours favorisé. Mais aucun des deux n'aurait osé entrouvrir la porte de l'avenir, qui doit rester close, même pour nous, les dieux. Quelqu'un a soufflé ces visions à la magicienne Cassandre, et c'est toi. Nous voici avec une complication inattendue, dont nous aurions pu faire l'économie...

— Ce que Cassandre a prédit devra s'accomplir bon gré mal gré, annonça Poséidon.

— Rien de bon n'en sortira, que de nouvelles guerres et de nouvelles épreuves pour chacun de nous.

— Ces chiens de Grecs n'auront que ce qu'ils méritent pour les ravages qu'ils ont causés, et je me réjouis par avance du sort qui les attend. Agamemnon, Ménélas, et Nestor, et Ajax, et par-dessus tout... Par-dessus tout, il me tarde de voir Ulysse souffrir mille morts! Comment a-t-il osé faire sortir ce cheval de la mer? Il m'a insulté comme aucun mortel n'oserait le faire. J'étais le protecteur de Troie et il m'a ainsi fait passer pour un traître, pire, pour un couard!

Zeus laissa passer un silence.

— Le sort de Troie était scellé, rappela-t-il, et peu importe la manière dont Ulysse s'y est pris pour abattre la résistance de ta cité.

— Il subira la prophétie.

— Sans doute, admit Zeus, sous la contrainte. Il n'y a pas d'autre issue.

Poséidon laissa un large sourire étirer sa face. Probablement avait-il rêvé de cet instant de triomphe, où son frère, en dépit de sa colossale puissance, devrait s'incliner devant des forces supérieures invoquées par lui, le dieu des Mers.

— Pourtant, ajouta insidieusement le maître de l'Olympe, pourtant cette tragédie m'a montré qu'une voie nouvelle s'ouvrait dans le destin de l'Humanité. À compter de cet instant, je ne désire plus influencer ni intervenir sur les destinées des hommes.

Poséidon fronça ses sourcils broussailleux.

— Que veux-tu dire par là? soupçonna-t-il. N'est-ce pas la charge d'un dieu de veiller à ce que ses créatures marchent droit?

— C'est la charge d'un dieu de veiller à ce qu'elles marchent seules. J'ai beaucoup observé les humains, dernièrement. Ils sont en âge d'assumer seuls leurs actes. Tu as raison, je ne saurais influencer le cours de la malédiction des pierres noires, car alors, je soulèverais contre moi des forces inimaginables qui me renverseraient de ce trône. Si en revanche, parmi ces héros désignés par le sort, certains arrivent malgré tout à vaincre la prophétie, alors nous ne pourrons que rendre les armes...

Il glissa un regard entendu vers son frère.

— Je pense à Ménélas, qui a tant souffert de la fuite de son épouse, et dans un bel exemple de pardon, a accepté de la reprendre en dépit du passé... Il pourrait retourner chez lui après, bien sûr, une certaine errance...

— Ménélas? Ménélas, j'en conviens a...

— Tu vois? C'est dit. Laissons ce noble roi rentrer en sa demeure et te vénérer. Nestor non plus n'a rien commis de bien répréhensible...

— Nestor? Ce vieux bouc? tiqua Poséidon. Qu'essaies-tu de manigancer?

— Il n'est pas question de contourner la malédiction, mais d'en accommoder les termes. À ma connaissance, les Grecs rentrent par la mer et dépendent donc de ton bon vouloir...

— Comme c'est touchant, railla Poséidon. J'admire ta bonté et ton équité, mon frère, mais je vois clair dans ton jeu! Je te conseille de ne pas outrepasser tes pouvoirs, et mon avertissement vaut pour certaine bergère qui se trouve à ton côté : qu'elle s'éloigne d'Ulysse. Celui-là m'appartient.

Athéna se redressa, présentant sa frêle silhouette face au monstrueux maître des Mers et de ses cataractes menaçantes.

— Je ne te crains pas, mon oncle, je te conseille de changer de ton en ma présence. À Troie, c'est le droit qui a triomphé.

— L'honneur? Le droit? se révolta Poséidon. Le droit de piller et massacrer?

Zeus leva la main pour couper court à une discussion qui menaçait de tourner à l'orage et tança sévèrement sa fille.

— Assez, Athéna. J'ai édicté mon arrêt. Agamemnon et les Grecs désignés par Cassandre devront lutter pour vaincre le sort. Seuls Ménélas et Nestor verront leur sentence adoucie grâce à l'indulgence de mon noble frère.

Athéna manqua s'étouffer.

— Tu abdiques devant cette prophétie impie ? Toi ? Tu abandonnes Ulysse ?

Zeus croisa le regard implorant de sa fille mais poursuivit, impassible.

— Ulysse subira son châtiment, annonça-t-il, et je te demande de ne plus t'approcher de lui. Tu iras en Ithaque auprès de Télémaque pour l'aider au deuil qui s'annonce. Il a hérité de son père le courage et l'intelligence, mais il doit comprendre la vérité par lui-même. Telle sera ta mission.

Athéna tressaillit à ces dernières paroles, car habituée aux finesses diplomatiques de son père, elle soupçonna derrière cette phrase anodine une arrière-pensée dont cependant elle ne saisit pas le fil. À peine si Poséidon avait prêté attention à leur querelle. Seul comptait à ses yeux l'accomplissement de la terrible prophétie qu'il avait si puissamment inspirée et il partit d'un rire gras qui témoignait de son contentement.

— Eh bien, tout est réglé. Au fond, nous n'avions aucune divergence, ce qui serait le comble dans une famille aussi unie que la nôtre !

Sur ces paroles narquoises, Poséidon se renfonça dans les flots bouillonnants. En un clin d'œil, la vague géante se retira de la salle du trône, abandonnant des lits d'algues, des myriades d'étoiles de mer et de poissons à l'agonie qui battaient le dallage avec leurs queues. Zeus contempla ce décor avec accablement :

— Je déteste quand il fait ça, marmonna-t-il.

Chapitre 18

Les intrus du palais

Télémaque apaisa lentement sa respiration avant de tendre son arc. Il écouta l'infime vibration de la corde contre son oreille, ainsi que son père le lui avait enseigné autrefois. Il se pénétra de ce chant subtil, tandis qu'une excitation singulière envahissait son corps encore frêle mais bien dessiné. Il attendit de ne faire qu'un avec la flèche puis, sèchement, libéra l'énergie accumulée dans le bois ployé. Le dard vrilla les brumes de la clairière pour se ficher au centre du bouclier de paille disposé à bonne distance. Télémaque ne put réprimer un cri de victoire : jamais il n'avait atteint une cible de si loin.

— Soixante pas ! Soixante pas, j'ai réussi ! se félicita-t-il. Je suis devenu un vrai guerrier.

Donnant libre cours à sa joie, l'adolescent se mit à danser en cercle, brandissant son arc au-dessus de sa tête en poussant des ululements... quand il perçut soudain un mouvement dans les buissons. En un clin d'œil, il se figea et, encochant une nouvelle flèche, tira au jugé. Le trait s'enfonça à travers les genêts, semant la panique parmi les spectateurs invisibles qui s'égaillèrent aussitôt. Télémaque entrevit les tuniques courtes et brodées derrière les mailles de la végétation et la tristesse qui avait un temps déserté son âme lui revint en un instant. Il lui était décidément impossible de rester seul avec lui-même. Les espions avaient débusqué ce nouveau repaire aussi vite que les précédents et l'île n'était pas assez grande pour leur échapper.

Désabusé, le jeune prince d'Ithaque rassembla ses affaires et, enfilant son arc en bandoulière, partit récupérer sa flèche plantée dans le tronc d'un pin parasol. Il n'avait voulu blesser personne, seulement faire respecter son intimité et lancer un avertissement : désormais, la surveillance trop rapprochée comportait des risques. Télémaque décida de reprendre le chemin du village, mais non en suivant la route de terre à travers la pinède. Il préféra se risquer sur le sentier des chèvres qui entaillait la falaise, surplombant la mer de telle manière qu'il avait l'impression de planer. Il était régulièrement emprunté par les bergers pour gagner les pâturages élevés de l'île. Télémaque s'arrêta sur un promontoire afin de s'enivrer du vent vif qui caressait ses cheveux frisés – qu'il commençait à laisser pousser à la mode achéenne, pour imiter ses aînés. Du doigt, il testa l'épaisseur encore modeste de sa barbe naissante. À dix-sept ans, il lui tardait d'avoir ce bouc ras et bien formé qui signifierait clairement au vu de tous qu'il avait atteint l'âge adulte. Télémaque n'avait ni frère ni sœur. Depuis le départ de son père à la guerre de Troie, il avait grandi entouré des soins de sa seule mère et d'Euryclée, sa nourrice égyptienne. Ses rares amis l'avaient fui et la solitude était désormais son lot quotidien, en plus du danger qui guettait...

Comme il tournait les yeux vers le port, il fut surpris de constater qu'un imposant vaisseau noir y avait jeté l'ancre. Les visiteurs devenaient plus rares, maintenant que l'île avait perdu son roi et que des comploteurs y régnaient en maîtres. Il devait s'agir d'un riche commerçant arrivant de contrées lointaines et exotiques, à moins que... Il caressa soudain le rêve fou de voir son père de retour après tant d'années d'absence et de silence inquiétant et son cœur se mit à battre si fort que, oubliant toute prudence, le prince dévala l'étroite langue de terre jusqu'au village.

Il remonta en courant les rues pentues qui bruissaient de leur activité ordinaire : forgerons, charpentiers, commerçants étaient à l'ouvrage, leurs échoppes grandes ouvertes débordant largement sur le passage, car ici les maisons se voulaient généreuses et accueillantes au visiteur. Les colporteurs proposaient leurs services, marchands d'étoffes ou de bimbeloterie, aiguiseurs de couteaux et porteurs d'eau. Sous une tonnelle tissée par les oliviers, les anciens jouaient aux dés, profitant du dernier soleil. À l'apparition de leur prince, ils s'empressèrent de lui adresser un salut respectueux et, en dépit de sa hâte, Télémaque le leur rendit avec politesse car, en Ithaque, la famille royale avait aboli les barrières avec le peuple et mettait un point d'honneur à se comporter comme tout un chacun. Ce labyrinthe de venelles avait vu grandir l'enfant Télémaque et il s'y sentait libre d'aller à sa guise comme n'importe quel citoyen. Une ribambelle de gamins, portant des débris de tonneaux symbolisant des armures, lui courut après en agitant des épées de bois et piaillant :

— Je suis Achille, et je suis le plus fort ! J'abattrai les murs de Troie si les dieux m'en donnent la force !

— Et moi, je suis Pâris le voleur d'épouses ! Je t'en empêcherai grâce à mes flèches mortelles !

Arriva un jeune larron, monté sur un balai affublé d'une improbable tête de cheval en paille :

— Et moi, je suis Ulysse, roi d'Ithaque. Mon cheval entrera par la grand-porte et l'armée d'Agamemnon vaincra !

La nouvelle de la chute de Troie s'était répandue plus d'un an auparavant, semant dans les cœurs un espoir inespéré. Chacun s'était pris à rêver au retour du roi, se promettant de l'accueillir comme il convient à un héros dont la ruse autant que l'audace avaient abattu ces murailles que l'on pensait inviolables. Le conte du cheval creux pénétrant dans la cité de Priam donnait lieu à mille variantes que l'on se répétait avec fierté pendant les veillées. Oui, c'était lui, le petit roi d'Ithaque, qui avait vaincu Pâris et l'arrogance des Troyens. Hélas, au fil du temps, l'espoir s'était amenuisé. Les douze galères ne reparaissaient pas...

Télémaque se retourna avec une grimace pour mettre en déroute l'armée des gamins avant de s'engouffrer sous l'arche blanche qui marquait l'entrée du palais. Cette grande demeure blanche, composée de trois ailes enfermant une vaste cour dallée, avait été assise sur une hauteur dominant la baie près d'un siècle auparavant. Elle s'ombrait sur ses arrières de puissants oliviers disposés en terrasse dont la fraîcheur atténuait les effets des fortes chaleurs d'été. Télémaque se figea sur le seuil du patio planté de lauriers et de rhododendrons : une vingtaine de jeunes gens bien vêtus se vautraient près de la fontaine en échangeant des réflexions et des rires. En apercevant le prince, certains parmi eux se dressèrent aussitôt pour entamer une danse sauvage en ululant bruyamment, leurs arcs brandis au-dessus de leurs épaules.

« Mon fils, un roi ne montre jamais ni rancœur ni souffrance. Il écarte la violence et l'insulte du sourire, mais n'oublie jamais celui qui s'en est rendu coupable. Sois toujours un bienfait pour tes sujets, mais reste une énigme pour tes ennemis. »

Ces sages paroles d'Ulysse revinrent à l'esprit de Télémaque tandis qu'il enrageait sous les moqueries. À l'évidence, les espions s'étaient empressés de rapporter ses exploits d'archer. Ravalant son dépit, il traversa les rangs des plaisantins en serrant les dents, pensant se réfugier au plus vite dans ses appartements, mais une main brutale le retint par l'épaule et il tressaillit en découvrant la puissante stature d'Antinoos le Superbe, l'hôte indésirable qui, nuit et jour en compagnie de ses amis, occupait sa maison. Il était son aîné de dix ans et un collier de barbe noir et fournie encadrait son visage aux traits épais. Il n'avait pas son pareil au javelot et à la lutte, et comme si cette force physique ne suffisait pas pour asseoir sa domination, il excellait dans les reparties blessantes.

— Allons, Télémaque, cher hôte! railla-t-il. Ne fais pas cette tête! Bienvenue chez toi! Quelle idée aussi de nous abandonner! Tu sais que nous désirons ardemment savoir à tout moment où tu te trouves car, vois-tu, ton absence nous fait souffrir. Pourquoi te cacher, dis?

— Oui, nous attendons que tu veilles sur nous, ajouta le lourd Pancratos au poitrail d'ours. Tu es notre seigneur!

— Oui, veille sur nous, merveilleux fils d'Ulysse, approuva le rugueux Amphinomion, comme une mère veille sur ses poussins.

— Nous aimons que tu nous grondes! enchérit Léocrite.

Et un par un, à tour de rôle bousculant le jeune homme, ces intrus y allèrent de leurs bons mots. Seul le dénommé Eurymaque, un prince blond et pensif, qui répugnait à ces démonstrations vulgaires, resta soigneusement assis à l'écart, en apparence concentré sur l'observation des fenêtres du palais. Le dépit faisait bouillir le sang de Télémaque, mais il avait contre lui le nombre et la force. Il cherchait encore les mots pour confondre les rieurs et se dégager quand Antinoos lança à ses complices un avertissement du regard. Aussitôt, la ronde infernale cessa. Ils n'étaient plus seuls.

Un homme vêtu d'un ample manteau noir se dressait sur le seuil. Ses vêtements de type oriental, le turban enroulé autour de sa tête indiquaient qu'il arrivait de loin. Il s'appuyait sur une lance finement ouvragée à pointe de bronze. Son visage formait une étrange combinaison de grâce féminine et de sagesse ancienne. Par-dessus tout, ses yeux clairs et étirés forçaient l'admiration par leur éclat. Comme ils se posaient sur les jeunes gens, Antinoos se sentit mal à l'aise et il ordonna d'une voix faussement guillerette :

— Allons, laissons notre protecteur à ses devoirs et rentrons. C'est bientôt l'heure des réjouissances.

Le visiteur attendit qu'ils se soient éclipsés avant de s'incliner devant Télémaque en portant une main sur son cœur.

— Je m'appelle Mentès, noble prince, se présenta-t-il. Je suis un marchand de Thalos qui commerce avec les royaumes de l'Est. J'ai jeté l'ancre dans ton port et je sollicite ta bienveillance et ta protection...

Chapitre 19

Le marin aux voiles noires

Télémaque détailla l'inconnu avec curiosité et fit le rapprochement avec le navire à coque noire qu'il avait aperçu en descendant la falaise. Ainsi, le dernier espoir de retrouver son père s'envola. Il s'en voulut presque d'avoir cédé à ce rêve l'espace de quelques instants et, surmontant sa déception, il répondit aimablement.

— Je suis Télémaque Odysseus, fils du roi Ulysse. Sois le bienvenu, Mentès ! Je t'accorde volontiers l'asile mais pour ce qui est de ma protection, tu vois, elle ne vaut pas grand-chose, même entre ces murs.

De longue date, l'hospitalité était une vertu sacrée en Ithaque et aucun voyageur n'avait jamais trouvé porte close. Télémaque avait à cœur d'entretenir cette coutume et il invita son invité dans le vestibule dallé de grès, qui desservait plusieurs pièces de belles dimensions. Un serviteur entre deux âges les accueillit avec un sourire et se hâta de leur présenter une vasque d'eau pure dans laquelle ils puissent se laver les mains.

— Merci, Médon... Où est la reine?

— Elle est restée dans ses appartements toute la journée, mon prince. Elle est triste et silencieuse, comme souvent.

Télémaque sentit son cœur se serrer, mais il ne voulait pas offrir mauvaise figure à son hôte et, ses ablutions achevées, il le mena dans la salle de banquet qui bruissait déjà des conversations animées des princes installés autour des longues tables en bois. Ce vaste réfectoire aux murs gris et irréguliers était tendu de peaux de bêtes et de divers trophées rapportés par l'ancien roi Laërte, le père d'Ulysse, offrant la preuve qu'il avait parcouru le monde en son temps avant de s'installer sur l'île. Têtes d'ours et de lions empaillés surgissaient ainsi entre les moellons dans des postures menaçantes, la gueule ouverte et les yeux vides reflétant la lueur des vasques. De part et d'autre de la cheminée se dressaient des panoplies d'épées et de fendoirs, ainsi qu'un râtelier où les invités s'étaient provisoirement défaits de leurs javelots ou de leurs arcs. Les serviteurs allaient et venaient pour satisfaire les moindres caprices de leurs hôtes, découpant les viandes de ce côté, portant les amphores de vin et d'eau d'un autre. Aux regards curieux qui ne manquèrent pas de se poser sur lui, Mentès répondit par ce salut courtois qui avait cours dans les déserts reculés, touchant son front, ses lèvres et son cœur. Il reçut pour réponse des haussements d'épaules et des rires imbéciles.

— Je suis peut-être arrivé au mauvais moment, constata-t-il à l'adresse de Télémaque, tu donnes une réception...

— Non étranger, repartit sombrement Télémaque en le guidant à travers les tables. Ces hommes ne sont pas les bienvenus chez moi et ils imposent leur présence contre mon gré et celui de la reine. Ce sont des fils de riches familles qui viennent d'îles et de pays voisins dans l'espoir d'épouser ma mère et de s'emparer du trône laissé vacant par mon père... En attendant, ces prétendants dévorent nos réserves sans compter, exigeant toujours plus et toujours mieux. Les taxes suffisent à peine à les rassasier et notre peuple entier en souffre. Je rêve parfois que mon père revienne à l'improviste et les trouve ainsi. Je n'ose imaginer le sort qu'il leur ferait subir. Hélas, il ne revient pas. Aucune nouvelle, et pourtant la guerre a pris fin. Du coup, chacun se croit en droit de courtiser celle que l'on désigne déjà comme une veuve. Je ne suis pas le maître ici, mais le prisonnier.

La douloureuse situation parut émouvoir le cœur du marin tandis qu'il se laissait guider par le prince dans un corridor jouxtant la salle.

— Je te plains, noble prince, dit-il, mais inutile de m'entraîner à l'écart. Toute place me conviendra et je veux ranger ma lance parmi celles de tes... hôtes.

Télémaque partit d'un rire amer.

— Elle a trop de valeur, répliqua-t-il, tu ne serais pas certain de la retrouver après le repas. Car en plus d'être des gloutons, ce sont des chapardeurs. Ils font main basse sur tout ce qu'ils trouvent et j'ai dû placer sous clé nos objets d'art de valeur. Suis-moi. Ici, ton javelot sera en sécurité.

Télémaque ouvrit une porte basse fermée par de multiples serrures, révélant un long cellier éclairé par une torche qui recelait nombre de javelots, de peaux de fauves lustrées, de couvertures de brebis à poils souples et de vases de grand prix.

— Ce sont les biens et les armes personnelles de mon père, qu'il tenait du sien, expliqua le jeune homme, du moins celles qu'il n'a pas emportées à Troie.

Mentès estima avec un sourire la modestie des biens accumulés par Ulysse dans sa jeunesse, qui n'étaient rien en comparaison des trésors de certains rois, mais il tomba en admiration devant un arc colossal suspendu sur le mur du fond. Il était constitué d'une paire de puissantes cornes assemblées par un épais cordage, et se parait d'une blancheur et d'un poli inouï qui contrastaient avec la puissante lanière noire qui servait de corde.

— Jamais je n'ai admiré pareil arc! s'exclama le marin oriental. Seul un géant pourrait le tendre, je suppose!

— C'est un cadeau que fit le héros Hercule à mon père, peu avant sa mort, le renseigna Télémaque avec fierté. Il paraît qu'il ne ploie que sous la main d'un héros au cœur noble... Je n'ai jamais osé m'y mesurer!

Mentès tendit sa lance à Télémaque en un geste qui lui signifiait autant sa tendresse que sa confiance. Le jeune homme la rangea à la meilleure place, puis tous deux ressortirent de la salle d'armes. Médon, l'intendant à barbe grise, reparut sur ces entrefaites.

— Seigneur, nous manquons de vin... Ces maudits prétendants vident notre cave trop vite pour lui laisser le temps de se remplir.

— Coupe le vin qui reste avec de l'eau, suggéra Télémaque, et si ça ne leur convient pas, qu'ils regagnent leurs palais pour boire de leurs récoltes. Ma mère n'a toujours pas paru?

— Non, mon prince.

Télémaque acquiesça avec regret, tandis que Médon, pressé par les ordres des prétendants, s'en retournait s'enquérir de leurs désirs.

— Comme elle doit souffrir de la longue absence de son époux, déplora Mentès. J'ai connu la reine Pénélope alors qu'elle n'était qu'une enfant. Tu sais, le père de ton père m'a offert l'asile lui aussi, autrefois. Qu'est-il advenu du noble Laërte?

Télémaque trouva étrange qu'un homme d'apparence encore si jeune, à la peau dénuée de rides ou de cicatrices, eût connu son grand-père au temps de son règne mais il répondit comme si de rien n'était :

— Laërte ne vit plus au palais depuis longtemps. Après avoir confié le trône à mon père, il s'est retiré dans la montagne où il vit en ermite. Viens, mangeons avant que mes hôtes n'aient tout dévoré.

Ils retournèrent dans le réfectoire, à l'écart des princes qui festoyaient à grand bruit, devant une table ronde dressée spécialement à leur intention. Télémaque s'efforçait de ne leur accorder aucune attention tandis que la servante Mélantho lui apportait les premiers mets. Cette jolie fille brune et pulpeuse, que Pénélope avait naguère prise sous sa protection, cachait à merveille sous ses manières douces un caractère fourbe et calculateur. Tandis qu'elle servait le vin, scrutant le marchand à la dérobée, elle s'enquit d'un ton parfaitement innocent :

— Prince Télémaque, sais-tu si la reine paraîtra ce soir ? Le prince Antinoos réclame sa présence...

— On ne réclame pas une reine, rétorqua sèchement Télémaque qui connaissait le cœur de cette intrigante, et plus encore si elle est ma mère. Cours le lui dire, aussi vite que tu lui rapportes le moindre de mes faits et gestes.

La servante pâlit de colère et s'éloigna. Elle paraissait peu disposée à s'acquitter de cette tâche ingrate, mais Antinoos l'attrapa au passage et la rudoya suffisamment pour l'en convaincre. Loin de l'offusquer, la réponse le fit éclater d'un rire tonitruant. Télémaque et son visiteur soupèrent, mais il y avait tant de vacarme que l'appétit leur fit rapidement défaut.

— Permets-moi de te questionner, se risqua Mentès. Si tu ne désires pas ces intrus sous ton toit, pourquoi ne pas les chasser ?

— Je n'ai plus de soldats à ma disposition. Non content d'avoir réquisitionné mon père, Agamemnon a aussi pris nos meilleurs Achéens, les plus aguerris, et même certains de nos artisans. Il ne reste dans l'île que des vieillards ou de jeunes mouflons, comme moi ! Comme tu vois, je suis protégé, et même très étroitement, au point de ne pouvoir me promener sans être suivi.

À cet instant précis, l'aède Phémios s'installa sur les marches de la salle ainsi qu'il le faisait chaque soir. Il accorda sa lyre et glissa quelques accords dans le tumulte. Jadis Ulysse avait donné refuge à ce poète qui avait connu des revers de fortune. En retour, il avait juré de ne jamais quitter sa cour et sa fidélité était sans faille. Le musicien entama une série de danses populaires que les prétendants accompagnèrent en frappant des mains. À l'opposé de cette joie, Télémaque s'assombrit.

— Même notre aède doit transiger. Il a remisé ses merveilleux récits d'autrefois, qu'il composait comme personne. Ici ne valent plus désormais que les danses grossières qui accompagnent le vin facile.

— Et toi, prince Télémaque, demanda Mentès d'une voix insinuante, que crois-tu qu'il soit advenu de ton père ?

Le prince hésita à répondre directement, tant cette question remuait en lui de douloureux tourments.

— Je me rappelle sa voix, sa démarche pareille à celle d'un chat, son allure noble... Et son rire aussi, car il riait souvent !

Il s'interrompit, vida son gobelet de vin avant d'ajouter :

— Je vais te dire le fond de ma pensée, Mentès, à toi seul parce que tu es étranger à tout cela. Si je te connaissais mieux, je n'en aurais probablement pas le courage : je crois que les os de mon père roulent au fond des mers et se mélangent aux coquillages. S'il était encore de ce monde, est-ce que nous n'aurions pas reçu des messages de sa part ? Toi qui viens d'Orient, n'aurais-tu aucune nouvelle des événements qui se sont produits après la chute de Troie ? Les dernières nouvelles, ce sont des marins de passage qui nous les ont rapportées. Parle, mon ami ! Dis-moi non ce que je désire entendre, mais ce que tu sais de la vérité...

Mentès parut frappé par ces paroles et il marqua un silence gêné.

— Si tu connais l'histoire de la chute de Troie, tu sais aussi qu'une sorcière du nom de Cassandre a jeté une malédiction sur les vainqueurs, en leur promettant que peu d'entre eux reverraient leur patrie.

— Ce n'est là qu'une vague rumeur, à laquelle peu de gens accordent crédit...

— Pourtant, cette malédiction opère, tu peux me croire... Dès son retour en Argos, le grand Agamemnon a été assassiné traîtreusement par son cousin qui ne voulait pas lui restituer son trône. Le puissant Ajax lui-même a succombé dans une tempête qui a coûté la vie à tout son équipage... On dit qu'il a entraîné Cassandre dans sa noyade, Cassandre la funeste magicienne... D'autres seigneurs ont péri dans des naufrages ou sous la torture des pirates. D'autres encore ont été enlevés par des créatures fantastiques et on ne les a jamais revus. La haine de Poséidon a décimé les vainqueurs de Troie.

À mesure qu'il parlait, Télémaque sentit le sang se retirer de ses veines. Il connaissait au moins de réputation ces vaillants monarques évoqués par Mentès.

— Alors tout est perdu? gémit-il. Ils sont tous morts?

— Pas tous, corrigea le marchand. Un moindre mal est arrivé à Ménélas qui ramenait son épouse Hélène à Sparte. Il s'est plusieurs fois égaré et a dû combattre des peuplades hostiles, mais il a finalement pu rejoindre sa patrie. De même Nestor a-t-il regagné Pylos, mais il a laissé la raison dans ce voyage de retour. Non, personne n'a été épargné et la victoire a été amère pour la plupart...

— Mais alors... mon père? Qu'en est-il de mon père?

L'aède Phémios, comme saisi d'une soudaine inspiration mélancolique, troqua ses airs endiablés contre une mélodie d'autrefois, un chant de berger qui contait un amour à jamais perdu. Les prétendants l'accablèrent de leurs remontrances mais il ne dévia pas de son chant, au point que, pendant un temps, le silence se fit dans la salle. Les brutes elles-mêmes semblèrent sous le charme.

— Nul ne peut dire quel sort a subi Ulysse, reprit Mentès. Peut-être erre-t-il toujours sur les mers.

— Comment savoir enfin la vérité ? Comment être certain ?

Là-bas, Phémios cessa de gratter sa lyre, qu'il contempla hébété comme si quelque charme en était sorti. Mentès saisit la main de Télémaque et plongea en lui un regard étincelant :

— J'ai devant moi un prince et non plus un enfant. Pourquoi ne pas trouver la réponse par tes propres moyens ?

— Même si je savais à qui m'adresser, je ne pourrais pas quitter Ithaque. Cela reviendrait à abandonner ma mère à ces bêtes humaines.

— N'est-ce pas un risque à courir, si au bout du compte tu peux rapporter la preuve que ton père est vivant ? Imagines-tu que les porcs qui font litière de ton palais resteraient une seconde de plus à l'idée qu'Ulysse pourrait les surprendre vidant ses greniers et lorgnant son épouse ? Tu n'imagines donc pas quelle serait la vengeance terrible qui s'abattrait alors sur eux ?

Télémaque resta pensif. Jamais aucune parole n'avait si profondément pénétré son cœur. La sagesse de ce Mentès mettait soudain de l'ordre parmi ses sentiments confus, ses désirs si longtemps réprimés, et une ardeur nouvelle raviva son esprit trop longtemps résigné et assoupi.

— Tu dis vrai, se révolta-t-il. Et je suis soit un idiot, soit un lâche pour ne pas y avoir pensé plus tôt ! Mon père doit être encore de ce monde, il est impossible qu'il en soit autrement. J'ai eu tort de perdre espoir si facilement. Vers qui me tourner pour trouver les réponses que j'attends ?

— À mon avis, si tu le permets, présente-toi devant ceux qui ont bravé l'arrêt de Cassandre : Nestor à Pylos, et Ménélas à Sparte. Dès leur retour, ils ont reconquis leur trône et rétabli leur autorité passée. Si quelqu'un sait ce qui est advenu à Ulysse, ce ne peut être que l'un d'eux.

— C'est un long voyage et je n'ai jamais pris la mer ! J'ignore tout du monde extérieur. Et je ne dispose d'aucun navire, ni d'aucun équipage...

Mentès se leva et s'inclina avec révérence devant le prince.

— Pardonne-moi, mais je dois prendre congé afin de donner des ordres à mon équipage. Nous ne repartons pas avant demain soir. Si, d'ici là, tu as pris une décision, sache que je suis disposé à t'emmener. Pylos et Sparte sont sur ma route.

— C'est vrai ? s'écria Télémaque. Mais noble Mentès, j'aimerais te remercier pour tant de sages conseils et de bonté. Accepte un cadeau de ma part, je t'en prie, c'est la coutume.

— Aucun cadeau, Télémaque, refusa nettement le marchand. Que la nuit te porte conseil, car demain risque de décider de ton sort.

Un peu plus tard, Télémaque lui rendit sa lance de bronze et le raccompagna sur le seuil du palais. La pluie ruisselait sur les oliviers. Il regarda son hôte disparaître dans la nuit ingrate, le cœur serré et l'esprit en feu.

— Agamemnon, Ajax, et même Cassandre... murmura-t-il. Mais pas mon père. Non, pas lui.

Chapitre 20

Soupçons et intrigues

Pensif, le blond Eurymaque suivit du regard le fils d'Ulysse qui raccompagnait son visiteur. Le prétendant les avait épiés tout au long du dîner et s'il n'avait pu entendre leur conversation, brouillée par le chant de Phémios, il était convaincu que le jeune prince avait reçu des nouvelles fraîches. Il quitta sa table pour se frayer un chemin jusqu'à Antinoos qui festoyait sans retenue en compagnie de son cercle d'intimes : Amphinomion, Noémon, Pancratos ou Léocrite formaient sa garde rapprochée. Ils partageaient avec lui le goût de la chère grasse et des servantes peu farouches, des plaisanteries lourdes et de la méchanceté gratuite. Eurymaque était fait d'une étoffe plus subtile et parmi les princes arrogants qui campaient au manoir d'Ulysse, perdant leur temps à se défier à la lutte et aux joutes, il préférait œuvrer dans la discrétion.

Il n'avait pas sculpté son corps à la mode d'Athènes ou de Sparte, comme les autres, délaissant les muscles trop saillants et les veines de force pour mieux façonner son esprit. Son torse étroit mais harmonieux, ses bras minces comme des cordes, ses jambes fuselées évoquaient ceux d'un danseur. Son visage délicat savait décliner une foule d'expressions apprises à la manière d'un acteur et nul n'aurait pu imaginer, derrière son charmant sourire, les pensées immondes et criminelles que roulait son esprit tortueux.

Il se taisait souvent, observait beaucoup, et en toute circonstance pesait ses mots. C'est ainsi qu'il remarqua qu'Antinoos était moins enclin à la plaisanterie qu'à l'accoutumée et il préféra l'aborder d'une manière détournée.

— Tu n'as pas le cœur à la fête, mon pauvre ami... feignit-il de le plaindre. Est-ce que cette douce Mélantho ne te comble pas de ses caresses et de ses mots doux ? Quel seigneur ne serait ravi de posséder un tel bien à l'approche des premiers froids.

Antinoos reluqua son compère avec méfiance.

— Je n'aime pas quand tu approches à la manière des loups dans le dos des gens.

— Les loups chassent en meute, fit observer Eurymaque, et tu vois, je suis seul...

Antinoos ne sut s'il devait partager ses soupçons avec ce fin stratège ou au contraire éviter de les évoquer. Antinoos le brun à la belle figure n'était pas sot : Eurymaque avait comme lui des vues sur la reine et le trône. Leur association était de pure circonstance, car, le moment venu, un seul donnerait le coup de grâce et s'adjugerait la proie, ne laissant aux autres que les miettes. Eurymaque parut lire dans ses pensées car il éclata d'un rire moqueur :

— Allons, Antinoos mon ami, tu te méfies à tort. Nous n'en sommes pas encore à la joute finale et d'ici là nous devons nous entraider. Je crois au pouvoir des vagues qui sapent les falaises imperceptiblement, jusqu'à les ronger jusqu'au cœur. La roche la plus dure finit toujours par s'effriter...

— Oui, mais celui qui creuse n'est pas forcément celui qui ramasse le filon, hein ? ironisa Antinoos.

— Allons donc ! assura Eurymaque en rajustant le bandeau de cuir qui sanglait ses cheveux blonds et frisés. Je n'ai aucune ambition pour le trône d'Ithaque : un poste de conseiller aux arts me conviendra parfaitement... Du moins quand tu auras pouvoir pour les désigner.

Antinoos vida le fond de sa coupe pour dissimuler son sourire. Il se gardait bien de croire à de si mielleuses paroles. Eurymaque n'avait pas son pareil pour bercer son monde. Toutefois, ses préoccupations du moment le poussèrent à quêter son avis :

— Cet étranger qui vient de partir, avoua-t-il, je l'ai observé tandis qu'il dînait avec Télémaque. Je n'aime ni son allure, ni ses manières. J'ai vu Télémaque s'échauffer tandis qu'il lui parlait... Je le connais par cœur, notre freluquet. Dommage que je n'aie rien saisi de leur conversation, ce maudit aède braillait trop fort. Mélantho n'a appris que son nom : Mentès.

— Qui sait s'il n'a pas rapporté des nouvelles d'Ulysse... glissa Eurymaque.

Antinoos pâlit brusquement et, comme si l'évocation du roi absent lui avait brutalement coupé l'appétit, il reposa son manche de gigot.

— Ulysse! maugréa-t-il. N'ajoute pas une parole! Si les dieux t'entendent, ils pourraient se souvenir de lui et décider de le ramener. Fasse que son cadavre repose au fond de la mer! Voici des mois qu'il aurait dû reparaître.

— Je n'ai pas d'inquiétude à ce sujet, le rassura Eurymaque. Ulysse n'est probablement plus de ce monde. Je pense à cet oracle qui poursuit les vainqueurs de Troie. Aucun ne semble en réchapper. Et c'est heureux, car je n'aimerais pas voir le héros de Troie paraître sur ce seuil...

— Je suis fatigué de cette situation, s'agaça Antinoos. Je veux agir en force, cette nuit même. Nous sommes nombreux, nous pourrions sans peine assassiner Télémaque et contraindre sa mère. Aujourd'hui ou demain, qu'importe ! Leur sort à tous deux est scellé.

— Moi ! éructa Pancratos en secouant ses cheveux gras, moi, je prendrai la reine ! Qu'on me laisse seul avec elle et je la courberai comme une fille d'auberge et je la pillerai jusqu'à ce que ses plaintes montent jusqu'à l'Olympe. Voilà des mois qu'elle nous humilie et nous fait lanterner ! Quoi d'autre pourrait la décider, sinon la manière brutale, hé ?

Tout au feu de son imagination, il brisa le gobelet qu'il tenait entre ses mains et s'éclaboussa de vin, lequel forma une tache rouge sur sa tunique. Le signe de sinistre augure n'échappa à personne, pas même à lui, et Eurymaque crut bon d'enchaîner d'une voix lourde de sens :

— Seulement, vaillant Pancratos, c'est oublier bien vite que Pénélope est un modèle de vertu et de fidélité conjugale. On la dit protégée des dieux, aussi convient-il d'y mettre les formes, sauf à attirer la colère de l'Olympe.

Pancratos cligna des yeux, regrettant de s'être égaré devant ses plus coriaces rivaux.

— Je suis saoul, expliqua-t-il. Que Dionysos me pardonne !

— Elle est farouche, la fille du vieil Icare, accorda Antinoos, et habile autant que désirable, mais encore inaccessible.

— Il faut se faire une raison, admit Eurymaque, le trône d'Ithaque ne pourra être occupé légitimement qu'en devenant l'élu de la reine. Car s'il ne s'agissait que des dieux ! Même mort, Ulysse continue d'avoir des alliés puissants qui ne toléreraient pas un tel coup de force. Rappelle-toi, Antinoos, du lent travail de la vague sur...

— Oui, oui, s'irrita l'athlète, la mer, les vagues, la falaise qui s'effrite et tout ça ! Il faut savoir ce que Mentès a pu apprendre à notre petit prince. Toi, Machaérée, descends au port et renseigne-toi.

— Qui ? Moi ? s'écria l'interpellé, un homme râblé à bouc noir assis à la table voisine, et qui s'était jusque-là tenu à l'écart de la conversation. Il pleut dehors ! Zeus verse les torrents du ciel ! Je...

— Fais ce que je t'ordonne, coupa Antinoos d'un ton sans réplique.

À contrecœur, Machaérée, le coureur de stade, enfila un manteau et sortit à la dérobée. Au même instant, Télémaque revint dans le réfectoire, le visage mouillé de pluie. Il laissa volontairement les vantaux de la porte grands ouverts afin que le vent furieux balaye la salle, renversant cruches et gobelets au grand mécontentement de ses hôtes. Le prince s'amusa de voir les noceurs contrariés dans leurs agapes.

— Goûtez-moi cette brise, seigneurs ! lança-t-il avec une colère rentrée. Elle va aérer vos panses qui se gavent sans faiblir des moutons et des porcs de mon père.

Les torchères vacillèrent et les prétendants, surpris par son aplomb inédit, restèrent cois, les dents plantées dans la viande qu'ils dévoraient de bon appétit. Les serviteurs se hâtèrent de fermer les vantaux et, tandis qu'ils glissaient la poutre dans les anneaux de métal, Télémaque passa entre les tables avec un sourire narquois, satisfait du froid qu'il avait jeté.

— Décidément, ce Mentès a allumé le feu dans le cerveau du gamin, remarqua Antinoos. Il n'avait jamais osé parler devant nous de cette façon.

— Voyons si je peux prendre des informations à la source, suggéra Eurymaque. Notre prince m'apprécie. Je vais le cuisiner un peu.

Le vénéneux prétendant se glissa sur les talons de Télémaque qui gagnait l'escalier menant aux étages, et, usant du talent de comédien dont la nature l'avait doté, il interpella son hôte avec une déférence affectée :

— Noble prince, tu as donné une bonne leçon à ces pourceaux qui savent si mal se tenir ! Tu peux parier qu'ils auront du mal à digérer leur viande !

Télémaque le toisa avec bienveillance. De tous les intrus qui souillaient sa demeure, Eurymaque était le seul qui possédait une certaine éducation et un tact digne de son rang. Il n'avait aucune raison de se méfier de lui et lui trouvait même les qualités d'un confident.

— Cher Eurymaque, sans ta sagesse, ces porcs auraient probablement mis le feu au palais. Pourquoi ne m'aides-tu pas à les renvoyer dans leurs foyers ?

— Mon prince, répondit le prétendant avec une humilité feinte, je comprends ton souci.

J'aimerais te plaire, mais ils sont aveuglés par l'ambition. Ils rêvent de régner chez toi. Antinoos les mène comme un troupeau de moutons, et moi, je suis seul et impuissant.

— Antinoos, hélas... soupira Télémaque. Dire que je l'ai cru mon ami, autrefois! Ce temps est bien passé.

— J'ai peur que nous n'ayons produit une mauvaise impression sur ce voyageur étranger... Qui était-il? Il avait l'air d'arriver d'un lointain pays... Apportait-il des nouvelles? De ton père, peut-être?

Télémaque se mordit les lèvres. Il n'avait pas encore la science du silence, les mots tournaient trop vite sur sa langue et Eurymaque n'avait pas son pareil pour attirer les confidences. C'est au prix d'une ferme discipline que l'adolescent se borna à répondre :

— Ce marchand m'apprenait que le grand Agamemnon avait péri assassiné, et que beaucoup de héros appartenant à l'Alliance avaient succombé sans jamais revoir leur patrie.

— Agamemnon, assassiné? Quelle horrible nouvelle! Ce serait l'effet de cette terrible malédiction dont nous avons entendu parler? Mais alors ton père?

— Ce voyageur n'a pas été capable de m'en donner des nouvelles précises, mais tout espoir n'est pas perdu, je crois...

— J'ai entendu parler de terres inconnues et d'îles sauvages où vivent des créatures fantastiques, fit mine de réfléchir Eurymaque. Qui sait s'il n'est pas retenu prisonnier dans l'une d'elles ?

— Qui sait, en effet ? soupira Télémaque. Pardonne-moi. Je dois m'enquérir de la santé de ma mère.

Sur ces paroles, le prince gravit les marches quatre à quatre, soulagé de n'avoir trahi aucun des projets qu'il échafaudait – du moins le pensait-il.

Il ne vit pas le sourire perfide qui fleurit sur les lèvres d'Eurymaque sitôt qu'il eut le dos tourné.

Chapitre 21

Fâcheuse découverte

Machaérée rabattit son capuchon sur le front, pestant d'avoir à courir dans le noir et sous la pluie. À pareille heure, les chiens errants eux-mêmes avaient jugé plus prudent de gagner un abri mais il n'était pas question d'enfreindre un ordre d'Antinoos, car, le moment venu, ce serait peut-être lui le nouveau maître d'Ithaque. Mieux valait ne pas le mécontenter et entrer dans ses bonnes grâces en obéissant aveuglément à ses caprices. Machaérée ne croyait guère en ses chances personnelles dans la compétition pour le trône, mais il était convaincu qu'en restant en faveur auprès des plus sérieux candidats, il avait une chance de s'attribuer une terre et une maison plus grandes. Fallait-il espionner ou porter un message, il s'acquittait sans broncher de ces tâches ingrates.

Il avait été autrefois un sincère admirateur d'Ulysse, jusqu'à son départ forcé pour Troie.

Au fil des années, la crainte de l'avenir avait érodé sa loyauté envers la maison de Laërte. La belle Pénélope, courageuse et sensée, était femme avant tout et incapable de contenir les appétits aiguisés par l'absence de son mari. Quant à Télémaque, s'il avait hérité de la prestance de son père, il était trop jeune pour en imposer à ces princes plus âgés, non seulement athlètes accomplis, mais pour certains combattants aguerris. Comme beaucoup, Macchaérée ne croyait plus au retour d'Ulysse. Dans ces conditions, il eût été bien sot de se ranger dans le camp du plus faible.

Il roulait ces pensées tout en descendant au port, se faufilant entre les filets de pêche au séchage et les bouées de liège. Il arriva sur le ponton de bois, à l'extrémité duquel était arrimé le navire de Mentès. Le fier vaisseau dominait les barcasses des pêcheurs locaux, donnant l'impression d'un aigle veillant sur une couvée. Le vent froid emportait des houppelandes de brume et Machaérée s'avança sur la jetée en courbant les épaules. À bord de la galère, aucun bruit. Pas une torche, pas un mouvement. Aucune sentinelle en vue et cependant l'échelle de coupe était abaissée sur le quai, comme si personne à bord ne redoutait la moindre visite. Machaérée n'était pas très chaud pour se risquer à bord, mais il n'imaginait pas remonter au palais sans avoir glané la moindre information. Antinoos avait transpercé des hommes de son javelot pour moins que cela.

Prenant son courage à deux mains, l'espion se risqua sur le pont. Il découvrit avec stupeur un équipage complet de vingt rameurs logés dans un entresol, assoupis sur leurs bancs, le dos nu et blême exposé aux étoiles. Machaérée se pencha pour mieux les examiner. Ils étaient aussi immobiles que des morts et se garda de les éveiller, frissonnant malgré lui. C'était un curieux capitaine celui qui, par une telle nuit, abandonnait ainsi ses hommes de nage aux éléments déchaînés. Le navire grinça et l'espion éprouva un frisson déplaisant lui parcourir l'échine. À tout prendre, il préférait les réflexions d'Antinoos et se convainquit qu'il était temps de rentrer se calfeutrer. Il se releva et rejoignit la passerelle sur la pointe des pieds.

C'est alors qu'il sentit un mouvement dans la brume.

Comme il se retournait, il aperçut dans les vapeurs marines la silhouette élancée et le visage sévère d'une femme à la beauté sans pareille, vêtue d'une armure luisante. Avant qu'il ait compris la signification de sa vision, une lance à pointe de bronze jaillit des ténèbres et le transperça de part en part...

Chapitre 22

Cœur de reine, cœur de mère

Était-ce le vent qui se déchaînait au-dehors et faisait vaciller les torches, ou l'atmosphère lugubre et presque palpable qui régnait ce soir, Télémaque éprouva une étrange inquiétude à mesure qu'il gravissait les marches conduisant aux appartements de sa mère. La belle Pénélope avait abandonné la chambre royale, où plus qu'ailleurs elle souffrait des souvenirs du bonheur enfui, pour se réfugier dans une enfilade de pièces nues, coupée du dédale des couloirs par de simples draperies. Quand le prince arriva sur le seuil, il ne trouva pour seul garde que l'un des derniers compagnons fidèles à la maison de Laërte : un vieux et noble chien au pelage beige, au regard doux et aimant, qui veillait là comme aux plus belles heures de sa jeunesse. Il avait l'âge du garçon et, à son approche, il plissa ses yeux en signe de complicité.

— Eh bien, Argos, mon vieil ami! le taquina Télémaque en le grattant vigoureusement derrière les oreilles. Toujours à l'affût? Tu fais bien, car ici on ne peut faire confiance à personne, pas même aux ombres... Où est ma mère, dis?

Il scruta les contours mal éclairés de la pièce, les voiles ondulants, et son pouls s'accéléra. Il n'aimait pas ces ombres qui semblaient receler mille mystères...

— C'est moi, mère! lança-t-il. Tu es là?

En l'absence d'une réponde, il écarta les dais pour en avoir le cœur net. L'ordre et le dénuement des lieux lui serrèrent la gorge d'émotion. Pénélope vivait ici en recluse, contrainte par les prétendants de demeurer au palais. Ils désiraient ainsi la couper de son peuple et briser sa volonté. Tentait-elle de s'échapper, elle était aussitôt reprise et reconduite de force sans que personne ne prenne sa défense. Télémaque s'avança dans la salle meublée du grand lit et de quelques meubles stricts. Il devina soudain la silhouette de Pénélope blottie dans le repli d'une tenture. L'espace d'un instant, il vit briller dans son poing un poignard triangulaire, qu'elle se hâta de dissimuler en reconnaissant son fils.

— C'est toi ? demanda-t-elle d'une voix blanche.

— Que se passe-t-il ? s'inquiéta Télémaque. Ce n'est que moi... Tu es seule ?

Pénélope s'avança dans le cercle de lumière en frissonnant et Télémaque remarqua que ce mince éclairage suffisait à relever la beauté rude et farouche de son visage ambré. Ses cheveux noirs, rejetés en cascade sur ses épaules nerveuses, accusaient les angles de ses pommettes et la profondeur de son regard de jais. En cet instant, le jeune prince comprit pourquoi depuis tout ce temps, en dépit de leur convoitise, les prétendants se gardaient toujours de l'approcher, préférant étouffer leur désir violent plutôt que porter la main sur elle. Il émanait d'elle, qui prétendait encore à la beauté de la jeunesse, une noblesse qui en aurait imposé aux dieux eux-mêmes. Et peut-être était-ce le cas...

Si intimidant l'instant précédent, le regard sombre de Pénélope s'adoucit en se posant sur son fils.

— J'ai pris peur en t'entendant... confessa-t-elle. J'ai cru qu'Antinoos ou l'un de ces porcs se glissait jusqu'à moi.

— Où sont tes chambrières ?

— À cette heure, elles doivent divertir nos hôtes. Médon m'a informé que tu avais reçu un étranger au dîner ? Pendant un moment, Argos a eu un comportement étrange. Pour un peu, il se serait levé, lui qui est incapable de se tenir correctement sur ses pattes... Et cette musique ? J'ai défendu à Phémios de chanter ces vieilles chansons d'amour. Il sait qu'elles me blessent le cœur comme des lames !

— Calme-toi, mère... la tranquillisa-t-il. Je comprends tes inquiétudes. Je sais quelles épreuves tu endures chaque jour. Un homme a bien demandé l'hospitalité, un marchand nommé Mentès. Il m'a affirmé avoir connu notre palais à l'époque de mon grand-père et y avoir été noblement reçu. Il a été choqué par le visage qu'il offre aujourd'hui et par la grossièreté de nos hôtes.

— Comment le blâmer ? J'aurais dû me présenter à lui, mais je n'ai pas eu le courage d'affronter...

Pénélope s'interrompit, entoura son fils de ses bras cuivrés et réprima l'émotion qui lui desséchait la gorge.

— Je suis si nerveuse ce soir... C'est sans doute cette première tempête d'automne. Le moindre bruit me fait sursauter. Mentès, dis-tu ? Je ne me rappelle pas ce nom. Mais il est vrai que je n'ai connu que la fin du règne de Laërte.

— À mon avis, ce Mentès paraît bien jeune pour avoir connu cette époque ancienne. Il doit se tromper. Mais le plus important, c'est qu'il revenait d'Orient avec des nouvelles effrayantes...

Télémaque raconta brièvement le dîner en compagnie de cet hôte sage et distingué, qui lui avait prodigué de si bons conseils. Peut-être ne mesura-t-il pas pleinement l'effet de ces paroles sur sa mère, car Pénélope manqua s'affaisser et dut précipitamment trouver un siège.

— Agamemnon assassiné? Quel horrible destin... Je le haïssais, car il m'a arraché ce qui m'était le plus cher au monde, ton père, mon époux, mon grand cœur d'Ulysse, mais on ne peut se réjouir de la mort d'un tel homme. Il portait une partie du monde sur ses épaules. Et les autres rois de l'Alliance? Combien ont survécu?

— Bien peu d'entre eux. Au moins Cassandre la prophétesse les a-t-elle suivis dans la mort.

— Qu'elle pourrisse dans les abîmes, cette femme pleine de haine, car tout arrive par la faute de son infâme malédiction. Je ne comprends pas l'intention des dieux. Pourquoi donner la victoire aux Grecs pour ensuite entraver leur retour? Qui a voulu la guerre sinon les Troyens? Ce Mentès a-t-il... a-t-il parlé de ton père?

— Hélas, il ne sait rien sur lui, regretta Télémaque, mais il m'a conseillé d'aller à Pylos rencontrer Nestor le meneur de char, ainsi que Ménélas qui se trouvait avec lui dans le ventre du cheval de bois. Ces deux rois ont erré un an sur la mer avant de pouvoir rejoindre leur trône, mais au moins ils ont survécu aux tempêtes et aux vents contraires. S'ils ont été épargnés, pourquoi mon père ne l'aurait-il pas été?

Télémaque laissa flotter un silence. Sa mère leva sur lui ses yeux noirs, empreints de chagrin et d'amertume.

— Aller à Pylos? À Sparte? murmura-t-elle. Si tu n'étais pas mon fils, je te dirais: «Va... Va trouver ces rois, qu'ils dissipent nos doutes d'une façon ou d'une autre.» Mais à l'idée de te voir partir en compagnie de ce marin étranger... J'ai un cœur de mère, mon pauvre Télémaque, et il ne sait pas se gouverner! Je t'en conjure, ne prends pas ce risque...

— Ce Mentès est fiable, mère, j'en suis convaincu. Rien ne l'obligeait à me proposer ses services.

— Justement, mon fils, méfie-toi des bontés accordées gracieusement. Elles cachent souvent les pièges les plus terribles.

Télémaque ne masqua pas sa déception.

— Toi qui es d'ordinaire si forte... Comment peux-tu me faire renoncer à une pareille opportunité ? Mentès appareille demain soir. Je suis décidé à le suivre. Crois-moi, je suis de taille à me défendre ! Donne-moi l'autorisation...

Pénélope se redressa et, du revers de sa main délicate, essuya une larme coupable qui avait versé au coin de ses yeux. Elle contempla par la fenêtre l'ombre des oliviers qu'agitait la tempête, et là-bas, le plus grand et le plus fort d'entre eux...

— Si les prétendants apprennent ton projet, ils te tueront... lâcha Pénélope dans un souffle. Ils ne te laisseront pas partir. Ils veulent nous étrangler jusqu'à la capitulation.

— Au contraire, ils seront trop heureux si je m'éloigne pour un temps. Je suis un obstacle à leurs yeux.

— Tu es encore jeune et tu manques de ruse pour lire au fond du cœur des hommes. Dis-toi que notre vie à tous deux ne tient qu'à un fil et, chaque instant, nous ne repoussons l'échéance que par la ruse et la diplomatie.

Antinoos et les autres vont craindre que tu ne ramènes de ton voyage une armée pour les déloger. Et quand bien même arriverais-tu à fuir Ithaque à leur insu, que se passera-t-il ensuite ?

— Mère, tu as des protections bien meilleures que tu ne crois, suggéra Télémaque. Père n'aimait guère les dieux, si je me rappelle, et négligeait les sacrifices. Mais il m'a toujours enseigné à les respecter et à ne jamais négliger leurs avertissements. La venue de ce Mentès est un signe, j'en suis certain.

Il caressa les épaules de sa mère dans un souci d'apaisement.

— J'ai mon plan, murmura-t-il à son oreille. Demain, je réunis le conseil de nos anciens en agora. Oui, en agora, sur la place publique, au su et au vu du peuple. J'annoncerai mon départ en les prenant tous à témoin. Car enfin, les anciens nous doivent toujours fidélité. Ils devront prendre parti. En mon absence, ils seront pour toi la meilleure des protections.

— Ce sont de vieux lâches, assura la reine. Ils n'ont jamais levé le petit doigt pour nous venir en aide. Depuis l'arrivée des prétendants, ils se terrent comme des lapins apeurés. Et ils détestent ton père pour avoir contraint leurs fils à le suivre à la guerre.

Télémaque marqua un temps avant d'avouer les yeux baissés :

— Pendant que le marchand parlait tout à l'heure, je haïssais mon père, moi aussi ! Je lui en voulais d'avoir suivi Agamemnon et de nous avoir abandonnés. S'il était encore ici, rien de cela ne serait arrivé. Aucun de ces princes arrogants n'aurait osé franchir notre seuil autrement qu'en baissant la tête, même Antinoös. Encore maintenant, quand je vois les dangers qui rôdent autour de nous, je le maudis... Et pourtant, il me manque tant !

— Il a tout fait pour échapper aux griffes d'Agamemnon, crois-moi, jusqu'à se faire passer pour fou. Mais ce boucher ne lui a pas laissé le choix. Il aurait rasé Ithaque. Mon chéri, en lui obéissant, il tentait de nous protéger. Ce champ sur lequel ton père a jeté du sel, plus rien n'y a repoussé depuis... Ce fut comme un jour de deuil celui où j'ai vu sa voile disparaître. Et ce silence... Ce silence sans fin.

Pénélope ferma les yeux. Elle se rappelait jusqu'au parfum d'huile des cheveux d'Ulysse quand elle le peignait après son bain. Elle se rappelait le grain de sa peau et l'odeur de son cou. Et plus tard la force de ses mains, l'intensité de son désir quand leurs paresses amoureuses se nouaient à l'ombre des oliviers. Un sourire lui vint aux lèvres, comme un rayon de soleil traverse le couchant nuageux, que Télémaque surprit sans comprendre.

— Comme tu es belle ainsi, mère... se réjouit-il. Un jour, tu seras de nouveau heureuse car tu ne mérites pas ce sort si triste.

Mère et fils restèrent de longues minutes à méditer sur leur chagrin avant que le silence ne soit troublé par un grognement mécontent d'Argos. Les voiles de l'entrée s'écartèrent et Mélantho parut sans s'annoncer. La servante dévouée aux prétendants se courba à peine devant sa reine, élevant son arrogance au point de la fixer droit dans les yeux tandis qu'elle égrenait :

— Le seigneur Antinoos s'impatiente de ne pas te voir, majesté. Son esprit s'échauffe.

— C'est le vin qui l'échauffe, comme chaque soir ! rétorqua Pénélope.

— Il menace de venir ici si tu ne consens pas à paraître.

Aucun prétendant n'avait jamais eu l'audace de s'aventurer jusque dans ses appartements privés, même si tous en rêvaient chaque nuit. Une frontière invisible séparait encore leur convoitise de l'intimité de la reine d'Ithaque. Pénélope pâlit à la perspective de la voir se briser pour la première fois car elle croyait Antinoos bel et bien capable d'outrepasser ce pacte tacite. Télémaque allait répondre vertement, mais la reine l'arrêta et, ravalant sa fierté, répondit calmement :

— Dis au seigneur Antinoos que je paraîtrai comme chaque soir et qu'il est inutile qu'il se donne la peine de se déplacer.

Elle décela le sourire vainqueur de la jeune fille qui s'en retournait tête haute. Argos tenta bien de mordiller les chevilles de cette dernière, mais elle se dégagea avec légèreté, et, adressant une grimace de défi à l'animal, elle s'éclipsa en l'accablant de noms orduriers.

— Quand je songe que j'ai recueilli cette gamine au décès de ses parents, se rappela Pénélope avec amertume. Je lui ai donné un précepteur afin qu'elle apprenne à lire et écrire, et au premier vent contraire, elle m'a tourné le dos. Je ne comprends pas sa haine à mon égard. Elle s'imagine devenir reine un jour. Elle connaît si mal les hommes tels qu'Antinoos... Allons, je dois satisfaire nos hôtes une fois de plus.

— Désires-tu que je t'accompagne ? s'enquit le jeune homme.

— Non, mon fils. Je m'acquitterai seule de ma corvée. J'en ai l'habitude, désormais...

Télémaque l'embrassa sur le front et prit congé, non sans avoir caressé le vieil Argos... Comme il se dirigeait vers sa chambre, à travers les couloirs mal éclairés, il croisa une vieille femme chenue au visage cuivré qui poussait devant elle à coups de canne deux jeunes filles pâles et contrites.

— Euryclée, s'exclama-t-il taquin, tu as retrouvé tes brebis ? À ton âge tu devrais être au lit !

— Jeune maître, répondit la nourrice égyptienne, c'est que les servantes préfèrent les bras de nos hôtes à leur devoir. Je ramène celles-ci afin qu'elles préparent ta mère. Et c'est toi, jeune effronté, qui devrait aller dormir !

— Je t'obéis, s'esclaffa Télémaque. Qui aurait l'idée de te tenir tête ?

Il regagna sa chambre, l'une des plus belles que comptait le manoir, avec ses colonnades et ses hauts plafonds chargés de frises. Sans l'aide d'aucun serviteur, il fit ses ablutions et se coucha. Le vent qui fouaillait les oliviers du jardin – autant que la perspective d'affronter enfin son premier défi – le fit se retourner cent fois sur sa couche. Les rires et les vociférations des prétendants arrivaient jusqu'à ses oreilles en dépit de l'épaisseur des murs, et ils lui faisaient l'effet d'aiguilles qui s'enfonçaient dans ses chairs.

— Fasse qu'un jour ces porcs soient chassés de ma maison, enragea-t-il.

Il songea à cette mer sauvage sur laquelle il voguerait bientôt, à la recherche de son père, puis enfin son souffle s'apaisa. La figure d'une jeune fille inconnue glissa dans les vapeurs de son demi-sommeil, et il s'endormit.

Quand les chambrières eurent paré leur reine de lin et de soie bleue d'Arabie, qu'elles eurent fixé ses boucles noires en un chignon hautain, Euryclée les chassa sans ménagement et se chargea des dernières touches d'encre autour des yeux, selon cette ancienne technique égyptienne dont elle avait le secret. Elle lui passa également un collier de petites perles grises qui sublimèrent encore la noble beauté de sa maîtresse.

— Ces filles sont des oies, commenta-t-elle, qui se vautrent dans les bras des prétendants. Qu'elles prennent bien garde : les événements sont pareils au vent. Ils se retournent avant qu'on ait pu s'en protéger. Un jour, une tempête entrera ici...

— Ne sois pas trop sévère avec elles, nourrice, la tempéra Pénélope. Elles préfèrent accorder de bon gré aujourd'hui ce qu'elles craignent qu'on ne leur dérobe demain.

Euryclée dévisagea sa maîtresse avec un mélange de peine et d'interrogation.

— Et toi, maîtresse ? As-tu l'intention de les imiter ?

— Je suis reine, répliqua sèchement Pénélope, mais d'abord je suis une épouse. Le maigre pouvoir que je détiens sur ces hommes avachis sous mon toit, je le dois à ma loyauté envers Ulysse. Aussi longtemps qu'ils n'auront aucun doute là-dessus, j'aurai une chance de les repousser.

Devant le silence d'Euryclée, Pénélope s'agaça :

— Que veux-tu m'entendre dire ? Que je me sens parfois si seule qu'il me vient des idées de mort ? L'absence d'Ulysse me broie le cœur, chaque jour. Il était mon seul et unique amour. Il était mon grand cœur. Je me reconnaissais en lui, en son sourire, il était un autre moi. Il me brûlait d'un seul regard, oui... Et j'en frissonne encore en y pensant.

— Tu en parles déjà au passé, maîtresse... nota Euryclée.

Pénélope baissa les yeux, prise en défaut.

— Chaque jour, mon espoir décline. Son visage s'estompe. Au début, je le voyais en rêve, si présent que je croyais le trouver à mes côtés au matin. À présent, il n'est plus qu'une silhouette étrangère, noyée dans la brume. Je me sens abandonnée, à la dérive. Mon propre fils ignore à quel point je suis désormais vulnérable.

— Ces princes deviennent plus pressants chaque jour, observa finement Euryclée en arrangeant les broches d'argent qui parsemaient la coiffure, et je vois ta résistance faiblir peu à peu. Je suis trop vieille pour t'en faire le reproche. Nous ne sommes que des êtres humains. C'est une grande fortune, c'est aussi une grande misère. Je me rappelle du jour où Laërte m'a capturée en Égypte, il y a si longtemps... J'ai pleuré toutes les larmes de mon corps quand je me suis vue arrachée à mes parents, à mon village natal, que la côte s'est éloignée pour toujours. Laërte ne m'a jamais traitée en esclave. Il m'a offert une vie plus belle que celle que je pouvais imaginer. Aujourd'hui, ces larmes me paraissent bien puériles.

— Qu'essaies-tu de me dire, nourrice ?

— Qu'on pleure les rivages perdus, pour mieux aimer ceux qui vous accueillent ensuite. N'y aurait-il pas parmi ces bellâtres quelqu'un que tu juges digne d'occuper le trône d'Ulysse?

Pénélope se raidit si violemment que la vieille Égyptienne fit un pas en arrière.

— Toi aussi, tu le crois mort? l'accusa la reine. Toi, Euryclée? Toi qui lui as donné le sein comme à ton propre enfant?

— Je ne sais plus que croire, soupira la vieille servante. Les dieux ont jeté un brouillard sur mes pensées. Je te vois si malheureuse, maîtresse... Un mariage vaudrait peut-être mieux pour toi que cette solitude, cet abandon.

— Qui parle par ta bouche? la soupçonna Pénélope. Antinoos? Eurymaque? Ce soudard de Pancratos? Ou encore mon père, Icare, qui ne voit que l'attrait d'une nouvelle dot? Quel autre parmi tous ceux qui rêvent de mon trône et de mon lit?

— Tu m'accuses à tort, maîtresse. Je t'ai fait un serment la première fois que tu es venue dans ce palais. Tu n'étais alors pas même fiancée à notre jeune Ulysse et tu cherchais un appui parmi les femmes de cette île qui étaient tellement dépitées de voir une autre remporter la compétition. Tu t'en souviens?

— Tu m'as juré de dire la vérité en toute circonstance, même la plus pénible, se souvint Pénélope.

— Je n'ai aucun talent pour la flatterie. Je n'ai connu qu'une vie simple de labeur et de joies terriennes. J'ai épousé un mari acceptable, qui m'a fait de beaux enfants, que ses cendres reposent en paix! Je m'estime aujourd'hui heureuse de mon sort. C'est ce qui m'autorise à te dévoiler tes propres pensées, celles que tu n'oses t'avouer. Une reine seule ne fait pas une bonne reine. Et une femme seule se condamne plus vite à la vieillesse.

— Je ne peux pas faire le deuil d'Ulysse, reconnut la reine en se contemplant devant le miroir. Cette seule idée m'écorche vive.

— Tu es pure et sincère, maîtresse, mais tu dois aussi penser au bien de ton royaume. Depuis le départ du maître, Ithaque se porte mal. Le peuple souffre de faim et de maladies par manque de remèdes. Les taxes vont dans la bouche des prétendants. Nos paysans manquent de crédit et donc de grain. Les marchands préfèrent jeter l'ancre ailleurs qu'en notre port, car ils craignent l'atmosphère de complot qui règne ici. Quant à celui qui a débarqué ce soir... C'est étrange, mais il me semble l'avoir déjà vu, il y a bien longtemps.

Elle laissa sa phrase en suspens.

— Tu ne m'apprends rien, soupira Pénélope en puisant un peu d'argile dans un pot pour agrandir le contour de ses lèvres fines. Je sais encore ce qui se trame chez moi... Télémaque m'en a parlé.

Euryclée considéra sa reine et fut frappée par la beauté souveraine qu'elle irradiait.

— Tu es une grande reine, constata-t-elle avec admiration. Les hommes en bas s'étriperont avant que l'un d'eux n'arrive à ses fins. Dresse-les les uns contre les autres. Rends-les fous. C'est encore la meilleure arme dont nous autres femmes soyons dotées.

— Quel oracle séduisant, répliqua Pénélope, qu'ils s'étripent donc et me voilà délivrée pour de bon. Écoute, je dois te mettre dans la confidence : Télémaque songe à quitter Ithaque pour prendre des nouvelles de son père. Je suis déchirée entre deux peurs. Celle de le voir partir au loin, et celle qu'il reste tourmenté à mes côtés.

— Les risques sont grands, dans un cas comme dans l'autre, maîtresse.

— Toi, qu'en penses-tu ?

— Je ne suis qu'une nourrice. Si tu ne peux départager tes sentiments, consulte donc le vieux Laërte. Il sera de bon conseil. À condition que tu puisses échapper à la vigilance de tes propres suivantes, qui rapportent chacun de tes gestes à Antinoos et aux autres...

Pénélope réfléchit rapidement :

— Cette nuit même, fais prévenir Eumée dans les collines.

— Eumée, le porcher ? s'étonna Euryclée.

— Qu'il apporte de bon matin quelques bêtes pour le banquet de demain soir et qu'il vienne avec l'un de ses apprentis. Tu comprends ?

Euryclée acquiesça et un sourire éclaira sa face ridée.

— Médon s'en chargera. Il nous est encore fidèle. Je vais le prévenir.

Sur ces paroles, la vieille servante se retira. Pénélope se contempla une dernière fois. Le tissu souple tramé d'or épousait ses merveilleuses courbes à la perfection. Satisfaite, elle décida de rejoindre la salle de banquet. La gorge nouée, sans escorte, elle traversa les ombres du palais, redoutant ce tumulte bourdonnant qui s'amplifiait à ses oreilles. À son approche, les serviteurs abasourdis devant tant de charme et de majesté ouvrirent les battants.

Alors la reine s'avança sur le seuil de la salle à manger, pour s'offrir à la vue de ses ennemis...

Chapitre 23

Substitution

Pénélope s'éveilla de bonne heure et, rejetant prestement ses draps, enfila une grossière tunique de jute, par-dessus laquelle elle jeta une mantille à capuche. Sans apprêt ni maquillage, elle se glissa à pas de loup dans les couloirs encore endormis. Les torches dégageaient leur odeur de suie matinale. Le palais était silencieux. Les prétendants avaient regagné leurs chambres ou, plus simplement, finissaient de cuver leur vin sur des peaux étendues dans la salle de banquet. Aucun ne se serait risqué à regagner son foyer, par crainte d'être en son absence victime d'un ragot ou d'une intrigue.

Pénélope descendit dans les cuisines sans être inquiétée, enjambant leurs corps avachis. Elle échappa à l'attention des femmes qui s'affairaient déjà et se réfugia prestement sous l'arcade où s'alignaient les jarres d'huile et d'épices. Elle n'eut pas longtemps à attendre : un poing solide tambourina à coups redoublés sur la porte donnant sur la ruelle et la grosse cuisinière ouvrit en hâte pour interrompre le vacarme. Un homme bedonnant s'avança sur le seuil, appuyé sur un bâton, mal rasé et la lippe tombante, coiffé d'un drôle de bonnet en cuir dont les lanières lui pendaient le long des joues.

— Salut à toi, Eumée! l'accueillit la bonne femme avec étonnement. Déjà de retour?

— Comme tu vois, la belle, répondit le porcher de sa forte voix, c'est jour de gras et j'apporte de bons cochons pour la fête de ce soir. Ils sont là qui grognent derrière moi avec le seul désir de satisfaire les ventres affamés de vos gueux!

— Chut! le tempéra la commère en jetant un œil par-dessus son épaule. Ici, mieux vaut tenir sa langue!

Eumée regarda dans la ruelle.

— Où est mon apprenti? Eh, gamin, apporte la marmaille!

Un adolescent encapuchonné dans un vieux manteau fripé s'avança en poussant devant lui un essaim de porcelets. En sentant l'odeur de bouillon, les bêtes durent comprendre le sort qui les attendait car elles se mirent à courir de tous côtés en braillant, renversant les pots et les aiguières. La cuisinière leva les bras au ciel.

— Tu n'es pas un peu fou! Qui t'a demandé de les apporter vivants ici? Mets-les dans l'enclos.

Confus, l'apprenti courut derrière les bestiaux en tentant de les rassembler tant bien que mal. Il passa derrière les amphores et, sans paraître étonné d'y trouver la reine, se défit prestement de son manteau. En un clin d'œil, Pénélope lui tendit le sien et ressortit en jouant parfaitement son rôle, rabattant les animaux rose vif avec ses bras. Occupées à rattraper les intrépides porcelets, les femmes ne virent pas la substitution qui s'était opérée dans l'ombre et Pénélope se hâta de s'éclipser dehors.

— Idiot! pesta Eumée en feignant de la malmener. Ignorant! Fiche le camp, tu n'es qu'un bon à rien. Pardon pour le dérangement, les belles, je vous laisse!

L'instant d'après, abandonnant les servantes débordées, il rejoignit Pénélope au coin de la rue. Elle eut peine à retenir un rire, elle qui avait si peu l'occasion de s'amuser.

— Bien joué, Eumée... Je suis navrée de te mettre ainsi à contribution, mais j'ai du mal à tromper la vigilance de mes gardiens, et je n'ai aucune confiance en mes serviteurs.

— Je le sais, ma reine, répliqua Eumée. Médon m'a apporté ton message au beau milieu du sommeil. Mieux vaut ne pas traîner afin que tu sois de retour avant que les ivrognes là-dedans se ne réveillent.

La reine et le porcher prirent la route qui conduisait dans les collines. À cette heure matinale, ils ne croisèrent guère que les gardiens de troupeau en route vers les pâturages. D'un pas rapide, ils furent bientôt sous le couvert des pins...

C'est depuis la fenêtre de sa chambre qu'Eurymaque surprit ce couple pressé qui s'éloignait sur la pente. Un sourire lui vint aux lèvres, car il aurait reconnu la démarche de Pénélope même sous une peau de bête. Il acheva tranquillement de tailler sa barbe – soin qu'il n'aurait confié à personne –, réfléchissant à la façon d'utiliser au mieux cette intéressante information. Il avait l'habitude de se lever tôt et de procéder à ses ablutions car il ne négligeait aucun détail de sa personne. Pensif, il décrocha son arc qui pendait au mur, et en testa la souplesse. Cet exercice dut l'inspirer car il appela le serviteur qui attendait ses ordres dans le couloir. Celui-ci parut et s'inclina en tremblant.

— Amène ici le prince Pancratos, lui ordonna Eurymaque, celui qui ressemble à un ours. Il dort sûrement dans un couloir, alors réveille-le de ma part et ramène-le sans tarder.

Le serviteur blêmit à l'idée d'arracher un tel personnage à Morphée, le dieu des songes.

— Eh bien quoi ? s'emporta Eurymaque. Qu'attends-tu ? Pour le convaincre, dis-lui seulement que la reine l'attend.

Le garçon fila et, par chance, n'eut pas à chercher bien loin : le puissant Pancratos ronflait au bas de l'escalier menant à la grand-salle, vaincu par les vapeurs d'alcool.

— Seigneur, l'appela-t-il, pardonne-moi.

Pancratos eut le temps de se gratter la tête, hébété, puis de fourrager à pleines mains dans la toison brune de son torse avant que ces paroles ne touchent son cerveau.

— Quoi ? Je vais t'éventrer, maudit pourceau !

— Le prince Eurymaque te fait mander d'urgence. Il dit que la reine t'attend...

— La reine ?

Ces mots eurent un effet magique sur le robuste prétendant car il se redressa dans l'instant, rajusta cape et tunique sur ses épaules avant de suivre aussitôt le messager. Quand il déboucha dans la chambre d'Eurymaque, celui-ci s'exerçait à quelques assouplissements et lui lança avec bonne humeur :

— Oh, c'est toi, Pancratos, le féroce courtisan! J'ai une excellente nouvelle à t'annoncer... La reine a quitté le palais dans le plus grand secret.

— Par exemple! Pour aller où?

— Chez le vieux Laërte, je suppose, car elle en a pris le chemin. N'est-ce pas l'instant que tu attendais depuis longtemps? Elle est enfin seule et vulnérable... Tu t'es tellement vanté devant nous que si une chance s'offrait de te trouver en tête à tête avec elle, tu n'hésiterais pas un instant à lui montrer ce dont tu es capable.

Pancratos cligna des yeux, hésitant. Un soupçon traversa son cerveau embrumé, si rarement enclin à réfléchir.

— Tu pourrais garder cette information pour ton propre usage et avec profit... Pourquoi m'en parler?

— Parce que j'ai bien vu la manière dont Pénélope te regardait à la dérobée. Je suis convaincu qu'elle est charmée par ta force brute. Moi, j'ai renoncé à mes chances depuis longtemps. Regarde-moi. J'aime la poésie et les arts, et ce n'est pas ce que cherchent les femmes en premier lieu chez un homme. Non, je suis persuadé que la prestance et la vigueur sont de bien meilleures armes et tu les possèdes toutes...

— Pénélope est plus froide et dure qu'un rempart en hiver. Et puis elle ne cesse de pleurer son maudit Ulysse. J'ai du mal à te croire.

— Pardonne-moi, mais comme tu te vantais hier soir encore, j'ai pensé : voilà parmi tous nos amis quelqu'un qui ira au bout de son audace...

— Ne me traite pas de vantard, car je pourrais te faire ravaler tes insultes bien vite!

Il se rapprocha de la fenêtre pour scruter le versant de la montagne planté de pins et, au-delà, les pâturages léchés par les nuages.

— Quand est-elle partie?

— Elle est passée sous ma fenêtre en compagnie du porcher Eumée. À ta place, j'attendrais patiemment son retour, caché derrière les arbres. Tu la prendrais alors par surprise et elle n'aurait d'autre choix qu'admettre ton grand pouvoir de séduction.

— Toi, tu as le poison dans le sang, je me méfie... On ne sait jamais ce que tu penses vraiment sous tes belles paroles. Tu n'as qu'à y aller, toi.

— Au risque de me colleter avec le solide Eumée ? Regarde, je n'ai ni tes muscles, ni tes épaules de taureau.

— Mais tu as ton arc... riposta Pancratos en désignant l'engin posé contre la table.

Eurymaque s'en saisit et le contempla avec fierté.

— Oui, pour transpercer la paille d'une cible, pas un être de chair. Je répugne à la violence. Je suis plus doué pour la parole.

— Et tu ne diras rien à Antinoos ?

— Antinoos est un aboyeur, mais il se terre au passage de la reine. Tu as vu hier soir comme il la dévorait des yeux, bouche bée, et cependant, quand elle l'a toisé, il a été incapable de dire un mot. Va. Prends ta chance et que les dieux t'assistent. Seulement, n'oublie pas à qui tu devras de monter sur le trône !

Cette dernière phrase acheva de convaincre Pancratos et un large sourire étira sa face de sanglier. Il tournait déjà les talons quand Eurymaque le rappela en demandant d'un ton anodin :

— Au fait, je n'ai pas revu Machaérée depuis hier soir, ni ce matin en me promenant dans le palais. Antinoos l'avait envoyé aux nouvelles sur le port et, depuis, il est resté introuvable.

— Machaérée, tu dis ? Je n'ai pas fait attention à cet avorton. Ce vin de Crète que l'on a servi hier soir est redoutable. À plus tard, cher ministre.

Et sur ces paroles, il disparut dans le couloir, certain de sa destinée...

Chapitre 24

L'ermite

Le soleil était déjà haut quand Pénélope, accompagnée du fidèle Eumée, arriva au croisement des chemins. L'un ruisselait le long de la pente herbeuse en direction de la maison du porcher, encerclée d'enclos à cochons, tandis que l'autre, plus abrupt, se faufilait dans les hauteurs parmi les rochers coupants. Pénélope ferma les yeux et goûta un instant le silence apaisant qui berçait les lieux, que troublaient seuls les croassements des corbeaux.

— Tu as bien réfléchi ? s'enquit le porcher. Tu ne veux pas que je t'accompagne ?

— C'est inutile, je t'assure ! J'ai gardé des chèvres dans ma jeunesse, alors ces sentiers ne me font pas peur. Retourne à tes animaux, ils ont besoin de toi. Je renverrai ton apprenti avant la nuit. Euryclée le traitera bien d'ici là.

— L'idée de te voir retourner seule au palais ne me plaît pas.

— Je suis de taille à me défendre.

— La nuit tombe si vite en cette saison. Hâte-toi.

Sur ces paroles, le porcher prit à regret le sentier qui le ramenait chez lui, de l'autre côté de la colline. Avant de disparaître, il se tourna une dernière fois et lui adressa un signe de connivence. Restée seule, Pénélope releva son capuchon et entama la dernière partie de l'ascension en relevant les pans de sa tunique. Elle bondissait sur les rochers avec l'aisance d'une panthère et Télémaque eût été bien étonné de voir sa mère se jouer ainsi des troncs cassés et des fossés. Elle atteignit une pierre plate d'où l'on dominait la baie. Elle mit sa main en visière et scruta le port, si loin en contrebas, où le vaisseau noir du marchand étranger était toujours à quai. Les ruelles d'Ithaque ressemblaient aux canaux d'une minuscule fourmilière. La jeune femme goûta ce vent qui filait entre ses cheveux noirs et caressait son visage comme une main amoureuse. Elle soupira profondément, tout à cet instant où il lui semblait que sa pensée s'évadait de son corps pour flotter au loin, par-delà cette mer cruelle.

— Ulysse... murmura-t-elle. Entends-moi... Reviens, amour.

Combien de temps resta-t-elle ainsi, le visage offert aux nuages, elle n'aurait su le dire. Elle trouva le soleil plus près de l'horizon qu'elle n'aurait cru et se hâta vers le sommet. Elle fut soulagée de voir la masure en grosses pierres, bordée d'un enclos à chèvres. La fumée s'échappait par la cheminée, preuve que son occupant était chez lui. Elle franchit vivement la barrière noueuse de cet ancien refuge de berger et se risqua sur le seuil. C'était ici, dans ce logis proche du dénuement, que l'ancien roi avait élu domicile pour y terminer ses jours. Il avait quitté le palais aussitôt après l'avènement d'Ulysse sur le trône, se retirant définitivement de la vie publique. Il élevait quelques brebis qui le fournissaient en lait et en fromage et passait son temps à cueillir des herbes ou à méditer sur la vanité du monde.

Pénélope le trouva le dos tourné à la porte, se réchauffant auprès de l'âtre, ses mains veineuses étendues en éventail devant lui. Il n'avait plus que la peau sur les os. Ses longs cheveux blancs et épars filaient sur ses épaules étrécies. Ses yeux mi-clos disaient qu'il ne voyait plus guère, mais il avait une ouïe encore fine et il décela aussitôt le pas familier.

— C'est toi, Pénélope ? demanda-t-il sans se retourner. Quelle heureuse surprise ! Tu ne viens pas souvent...

— Bonjour, mon père, répondit la reine en lui prenant les mains pour y déposer le plus respectueux des baisers. Je suis heureuse de te trouver.

— Tu es venue du palais seule ? C'est imprudent. Quelle nouvelle t'a poussée jusqu'ici... Serait-ce... (La voix du vieillard blanchit.)... serait-ce celle que j'attends depuis si longtemps ? Serait-ce...

— Non, hélas, le découragea Pénélope. Non, ton fils n'est pas de retour, mais je viens te consulter au sujet de Télémaque.

— Ma fille, ma chère Pénélope ! Je ne suis plus bon qu'à conseiller les semeurs pour planter les graines. Regarde autour de toi. Le monde est si loin. Seuls les aigles planent ici, et les dieux, parfois ! J'ai entendu leurs voix cette nuit... Des voix pleines de menaces...

— J'en appelle à ta mémoire, mon père, car Télémaque a reçu hier soir la visite d'un hôte qui affirmait avoir connu ta cour et le temps de ton règne. Il te fait porter ses hommages.

— Oh... Je fus roi autrefois, c'est vrai, gloussa l'aïeul. Il m'arrive de l'oublier comme s'il s'agissait des souvenirs d'une autre personne. Comment s'appelle cet hôte ?

— Mentès. Il se dit marchand.

Le visage de Laërte s'allongea avec gravité, avant qu'il ne tente maladroitement de dissimuler cette réaction première.

— Mentès, tu dis ? Oui, oui, ce nom me dit vaguement quelque chose... Celui auquel je pense doit avoir une barbe blanche semblable à la mienne et ne doit plus guère voyager sur les mers.

— Télémaque qui l'a reçu affirme au contraire qu'il est encore dans la force de l'âge.

— Comme c'est étrange... nota l'ancien roi. Cependant, le Mentès que j'ai connu était noble et sage. Ce fut lui qui me souffla ton nom, petite, quand je désespérais de trouver une épouse pour mon Ulysse. Les candidates défilaient en notre palais, et les filles de nos îles cherchaient bien à le séduire quand il fut revenu de ses voyages, mais il était hostile à toute idée de mariage. Il voulait décider par lui-même plus tard. Cette jeunesse ! Alors Mentès est apparu un soir, par une nuit pluvieuse. Comme nous dînions tous deux, lui me racontant les nouvelles du monde, moi l'accablant de mes tracas de monarque, il évoqua certaine jeune princesse au caractère bien trempé qui refusait d'être unie à qui que ce soit et préférait gambader dans la campagne. Nous avons ri en songeant qu'elle ferait la paire avec mon garçon qui était d'un caractère aussi renfrogné. L'idée a fait son chemin. J'ai adressé un message à Icare, ton père. Il est venu en délégation. Il rêvait pour toi d'un meilleur parti, je crois. Il te voyait reine d'Argos ou de Crète! Notre modeste royaume a déçu son attente, je l'ai vu du premier coup. Mais pendant qu'il posait ses exigences exorbitantes, comme l'obligation pour le candidat de gagner des jeux qu'il avait organisés, je suivais des yeux mon Ulysse qui te faisait visiter notre oliveraie. Là, j'ai compris que tu deviendrais ma fille... Je voyais clair en ce temps-là. J'ai attiré l'attention d'Icare. Les jeux ont eu lieu, oui... Mais Ulysse les a remportés haut la main et nous avons célébré les noces. C'était une belle époque de paix et de prospérité. Les ombres de Troie ne s'étaient pas encore étendues sur le monde...

Pénélope posa sa tête sur ses genoux fragiles et il lui caressa les cheveux avec délicatesse, sentant bien tous les tourments qui assaillaient son cœur hésitant.

— Tu es malheureuse, ma fille, dit-il. Je sais quel lourd fardeau tu supportes en l'absence de ton époux. Pour vivre loin des gens, je n'en écoute pas moins ce que rapporte le vent. Et Eumée. Il me parle des prétendants qui ont envahi notre palais et s'y prélassent en maîtres. Que n'ai-je la force des mes trente ans pour leur apprendre le goût de leur propre sang...

— Télémaque veut accompagner Mentès à Pylos, puis à Sparte où il est certain d'obtenir des nouvelles de son père. Mais l'idée de le voir s'éloigner de moi me rend folle de peur et de chagrin. Je n'ai jamais rien craint pour moi-même, mais lui... il est mon enfant, la chair de ma chair et le don d'Ulysse... Père, j'ai tellement peur!

Laërte laissa un temps avant de répondre :
— Laisse-le aller, ma fille. Il sera plus en sécurité loin d'Ithaque que menacé par l'épée des prétendants ici. Je sais combien il est douloureux pour des parents de voir leur enfant unique s'arracher du berceau familial, mais c'est la nature qui le veut ainsi. Télémaque est un homme. À son âge, Ulysse était déjà sur de lointaines routes, apprenant son métier de futur roi.

— Tu es d'avis qu'il parte?
— Mon fils est toujours en vie. Ne le sens-tu pas au fond de ton cœur? Et Télémaque rapportera de bonnes nouvelles, j'en suis sûr.

Pénélope n'osa répondre, de crainte que sa voix ne trahisse le vide et le silence qui peuplaient désormais son âme. Sans doute Laërte le comprit-il car il ajouta d'une voix plus sévère :

— Laisse aller Télémaque. Je sais que ton cœur de mère en souffre, mais il doit partir. Et toi, garde confiance.

Pénélope se redressa lentement et embrassa le vieillard sur le front.

— Merci pour ton sage avis, mon père. Je m'y conformerai.

Elle retournait sur ses pas quand elle se retourna, ne sachant comment réprimer son désarroi.

— Mon père, tu es encore respecté par tous. Le conseil des sages évoque encore ton nom avec respect. Tu as enseigné à Ulysse la sagesse et la droiture. Pourquoi ne pas revenir au palais pour y régner provisoirement ? Les princes partiraient comme des moineaux à l'approche d'un aigle.

Un léger sourire fleurit sur les lèvres de l'ancien monarque.

— Regarde-moi, ma fille. J'élève des chèvres et je bois leur lait. C'est seulement ce qui me tient encore en vie. Mes épaules ne sont plus assez fortes pour porter un fagot de bois, et tu voudrais qu'elles soulèvent un trône ? Je comprends ton désarroi, petite, et ta solitude aussi, mais mon retour n'arrangerait rien, au contraire. Mais j'y pense : le vieux Mentor est-il encore de ce monde ? C'était un sage ministre dans le temps... S'il n'est pas tout à fait gâteux, il peut encore utilement te conseiller.

Pénélope acquiesça, se reprochant secrètement d'avoir formulé cette demande.

— Mentor, oui... Adieu, mon père, porte-toi bien.

Elle descendit la pente sur la pointe des pieds. Quand elle se retourna, Laërte se tenait sur le seuil de sa cabane, frissonnant et voûté, tel un sarment de vigne noué par l'âge.

L'aigle d'Ithaque n'était plus depuis longtemps...

Chapitre 25

Remous à l'agora

Peu avant midi, Télémaque se vêtit d'une longue tunique de cérémonie en lin blanc et sangla ses cheveux bouclés d'un lacet de cuir. Il tourna sur lui-même, s'attardant sur l'effet produit par cette nouvelle majesté, puis, prenant son inspiration, il quitta le palais par la grand-porte, sans un regard pour les prétendants massés paresseusement dans le patio. À son passage, ceux-ci interrompirent aussitôt leurs conversations et leurs jeux pour s'interroger du regard. À leurs yeux, il n'était encore qu'un enfant et ils avaient l'habitude de le laisser aller et venir à sa guise. Pourtant cette fois, ils jugèrent l'accoutrement curieux pour une simple promenade ou des exercices à l'arc, et Léocrite, qui cultivait la méfiance comme d'autres les fleurs, décida d'en informer Antinoos.

Le seigneur à barbe noire s'exerçait au javelot dans l'oliveraie, sur l'arrière du palais, non loin des fenêtres de Pénélope vers lesquelles il glissait des regards insistants en roulant des muscles. De temps à autre, il devinait la silhouette de la reine derrière les rideaux flottants. Alors il prenait la pose, gonflait ses pectoraux et raidissait ses jambes dans l'espoir d'attiser son intérêt. Aussi, tout à sa parade, accueillit-il avec colère l'irruption de son compagnon.

— Antinoos, tu devrais venir. Télémaque a mis de beaux habits et il descend au village!

Le chef des prétendants arracha sa lance du tronc suintant d'un olivier – car il retirait un plaisir pervers à martyriser ces arbres plutôt qu'installer les habituelles cibles de paille – avant de toiser l'importun d'un regard noir.

— Et tu viens m'interrompre pour si peu! Que nos espions habituels le suivent. Il se met certainement en quête d'une nouvelle cachette où s'exercer à l'arc.

— Non, non, riposta Léocrite. Il était en grand habit et nous a adressé un drôle de sourire. Déjà ce matin, il a dépêché des crieurs dans toute l'île.

— Des crieurs? tressaillit Antinoos. Pourquoi n'ai-je pas été prévenu?

— Tu dormais, prince, et la porte de ta chambre était close. Personne n'a osé te déranger.

Songeur, Antinoos rassembla ses javelots. Des crieurs, un prince en grand habit... Après ce qui s'était passé la veille, ces indices ne présageaient rien de bon.

— Allons voir ce qu'il complote...

Pendant qu'il réunissait ses complices pour décider de la stratégie à adopter, Télémaque se dirigeait d'un bon pas vers la place du village. À l'ombre des arbres centenaires où se tenaient d'ordinaire le marché et les représentations théâtrales, s'était rassemblée une foule autrement silencieuse, alertée par les émissaires que Télémaque avait dépêchés jusque dans les villages voisins. En ces lieux, Ulysse avait instauré autrefois une agora, un espace de débats inspiré de ce qui se passait à Athènes, afin de rencontrer ses administrés qu'intimidait le décorum de son palais. Là, chacun pouvait parler à cœur ouvert, soulever des problèmes ou confier ses misères. Le monarque tentait d'y apporter remède, aidé par la sagesse du conseil des anciens. Depuis son départ, cette tradition s'était éteinte, aussi la décision de Télémaque de convoquer une telle assemblée avait-elle surpris les habitants d'Ithaque et suscité bien des questions.

Le jeune prince tenta de calmer les battements de son cœur tandis qu'il s'avançait devant les gradins blancs abondamment garnis, conscient d'être la cible de tous les regards. Parmi la foule amassée, des enfants pleuraient et toussaient, des femmes hagardes et faméliques se poussaient pour mieux voir. Télémaque surprit la faim et le manque dans ces visages tournés vers lui. Il devina que chacun espérait un signe ou une nouvelle porteuse d'espoir, car la population souffrait. Les temps heureux de la paix et de l'abondance avaient fui. Les récoltes s'appauvrissaient et les taxes dévolues au bien-être des plus démunis étaient englouties par les ventres des «invités». Chacun savait ce qui se tramait et comment le trône était menacé chaque jour davantage par l'appétit des seigneurs voisins.

Télémaque salua les quatre vieillards habillés de vénérables toges, qui, assis à l'écart, le scrutaient d'un air méfiant. Ils n'avaient guère apprécié d'être tirés de leur paisible retraite et de devoir descendre de leurs collines à dos d'âne. Égyptios, le plus âgé et le plus sévère d'entre eux, s'approcha du prince et lui tendit rudement le sceptre, selon la tradition. Le jeune homme connaissait mal ces rituels officiels et c'est avec maladresse qu'il l'accepta. Sur l'instant, les paroles lui firent défaut, et le doyen crut de son devoir de le brusquer un peu :

— Tu nous as fait venir, enfant, à présent parle !

— Je... je suis Télémaque, fils d'Ulysse, bredouilla le prince. Je s... salue nos anciens, et vous tous qui êtes venus m'écouter. J'ai tenu à vous rassembler afin que chacun ici connaisse la situation. Mon père est toujours au loin et nul ne sait quand il reviendra. J'ai reçu des nouvelles selon lesquelles un grand nombre des vainqueurs de Troie avaient péri sur le voyage du retour. Certains d'entre eux ont pourtant rejoint leurs patries et je désire les interroger sur ce qui peut retarder notre roi.

Du coin de l'œil, il aperçut Antinoos et une cohorte de prétendants qui se frayaient un passage parmi la foule en suscitant des regards hostiles. Ils étaient armés de javelots et apparemment mécontents d'avoir été pris de court par cette initiative. Télémaque s'efforça de se donner contenance et brandit le sceptre avec énergie.

— Je connais vos souffrances et vos angoisses, enchaîna-t-il en raffermissant sa voix, car tandis que le trône est vacant, le désordre et l'incertitude s'installent. Des étrangers, sous prétexte d'en assurer la garde, tentent de se l'approprier et pillent nos richesses, et...

Égyptios l'interrompit d'une voix sèche en prenant ses pairs à témoin.

— La reine n'a que trop tardé à prendre un nouvel époux, lança-t-il à la cantonade. Une femme seule est incapable de gouverner, et à plus forte raison un enfant. Dix ans se sont écoulés depuis le départ d'Ulysse et nous avons besoin d'un vrai roi. Quelle est la raison de cette réunion ? Tu te mêles soudain de la vie publique alors que tu as encore l'âge des jeux et des amourettes ?

Quelques rires fusèrent à cette remarque. Égyptios n'avait jamais beaucoup apprécié Ulysse, qui avait remis en cause tant de vieilles traditions sur l'île, et il lui avait gardé rancune d'avoir enrôlé son fils Antiphos dans cette lointaine expédition troyenne. Il portait moins encore Pénélope dans son cœur, cette étrangère à la peau si brune, au caractère si farouche...

— Sage Égyptios, répondit le prince sans se démonter, si je n'ai pas agi plus tôt, c'est que j'achevais de grandir et d'apprendre mes devoirs. C'est chose faite aujourd'hui.

— Espères-tu que nous te nommerons roi ? railla Égyptios. C'est cela, hein ? Où est ta barbe, jeune Télémaque ? Où sont tes exploits ? Quels voyages t'ont aguerri ?

Il quêtait déjà les rires des autres sages quand il aperçut un retardataire qui descendait posément de son mulet en se frictionnant les côtes.

— Mentor ? s'étonna Egyptios. Toi, ici ?

L'ancien conseiller de Laërte lui adressa un sourire malicieux et son regard bleu, d'une fixité intimidante, imposa d'emblée le silence. Un cercle de cheveux blancs désordonnés couronnait son crâne lisse. Sa figure large aux traits bien marqués exprimait une certaine bonhomie tempérée de sagesse. Un cercle de barbe dru soulignait la force de son menton et l'aplomb de sa bouche. Le sens politique et la finesse de Mentor n'avait pas d'égaux dans cette assemblée et bien au-delà. Il était doué d'une immense culture et sa parole avait naguère été la plus écoutée. Aujourd'hui, il se contentait d'une retraite agréable, veillant sur ses oliviers ou taquinant le burin pour sculpter des bustes.

— Pardonnez-moi de mon retard, seigneur, mais cette bourrique refusait d'avancer, si bien que j'ai dû âprement négocier. Permettez que je prenne les débats en cours. Je vois que notre rugueux Égyptios t'a déjà souhaité la bienvenue, Télémaque...

Il laissa passer un silence amusé, tandis que le doyen haussait les épaules de dépit, avant de reprendre avec bienveillance :

— Égyptios, mon ami, et vous autres, mes vénérables sages, devriez vous réjouir qu'une nouvelle agora soit convoquée car c'est signe de renouveau. La pluie de cette nuit a réveillé nos rhumatismes, c'est entendu, et nous autres les vieux, cela suffit à nous mettre de méchante humeur pour toute la journée... Mais n'est-il pas temps de revenir siéger en ces temps de trouble, quitte à abandonner notre confort douillet?

Égyptios retourna s'asseoir, bougon, et croisa les bras en ignorant les sourires.

— Un jour, poursuivit Mentor, Télémaque sera appelé à gouverner Ithaque, succédant à la longue lignée des rois qui nous ont élevés à une certaine prospérité... jusqu'à ces derniers temps (il glissa un œil en direction du groupe d'Antinoos). Aussi, nous lui devons le respect et l'aide nécessaires pour qu'il s'accomplisse. Mais tous ici nous attendons des nouvelles de nos fils, de nos proches qui ont accompagné ton père, noble prince. On parle d'une terrible malédiction qui frappe les rois qui ont renversé Troie...

— Mentor, mon vieil ami, confessa Télémaque d'une voix étranglée, il ne se passe pas un jour sans que je ne scrute l'horizon dans l'espoir d'y découvrir les voiles de nos vaisseaux. Chaque jour, oui, et rien ne m'apparaîtrait plus merveilleux que de voir les nôtres jeter l'ancre et courir dans nos bras... Je sais désormais que mon père est en lutte contre Poséidon.

Une rumeur accueillit cette révélation, mais Télémaque ne laissa pas s'installer la frayeur et le découragement.

— Écoutez-moi, je n'ai aucune certitude sur le sort de mon père, mais je n'ai pas non plus la preuve qu'il ait péri, lui et les siens. Je vous demande de garder courage. Les rois de Sparte et de Pylos sont revenus dans leurs patries. Ils ont vaincu la prédiction.

— Balivernes, s'agaça Égyptios. On ne peut contredire un oracle aussi terrible que celui prononcé par cette Cassandre dont on nous a parlé.

— Vous tous, vous pleurez vos fils ou vos maris, insista Télémaque en se tournant vers le peuple, comme je me languis de mon père et de mon roi. Il est temps pour nous d'affronter la cruelle réalité. Je pars pour Pylos ce soir même et j'attends du conseil des sages qu'il bénisse mon voyage et protège le palais en mon absence. Il est temps que chacun ici prenne ses responsabilités...

Les vieillards se dévisagèrent avec embarras. Jusqu'alors, le conseil s'était bien gardé d'intervenir dans les affaires du palais, et surtout de s'opposer aux princes étrangers. Mentor prit les mains de Télémaque.

— C'est courageux de ta part, glissa l'ancien ministre, mais nous sommes vieux et désarmés. Nous ne sommes pas de taille à protéger ta mère, ni le trône.

Il reprit d'une voix plus forte :

— Au nom des dieux, au nom du conseil, je t'accorde la bénédiction que tu réclames, noble prince. N'est-ce pas, Égyptios ?

Le grognon Égyptios acquiesça, le regard fuyant et le menton tremblant, avant de marmonner :

— Mon fils Antiphos... J'aimerais mieux qu'il erre sa vie durant sur les mers démontées plutôt que de trouver la mort sur un rivage inconnu. Que Télémaque parte donc aux nouvelles si ça lui chante! Moi, je n'y crois plus guère...

Les autres vieillards acquiescèrent. Tous connaissaient la cruauté d'une absence. Antinoos profita de ce flottement pour s'avancer sur la place. Il rongeait son frein depuis un moment et n'avait pas l'intention de faire les frais de cette belle unanimité.

— Que signifie cela? Le palais n'a nul besoin de protection puisque nous sommes nombreux mes compagnons et moi à en assurer la sécurité. Prince Télémaque, c'est ta façon de nous remercier? Dis-toi que nous serions bien mieux à veiller sur nos terres que sur ce caillou ingrat.

— Personne ne te retient, Antinoos, rétorqua Télémaque, cinglant. Ni toi, ni ceux qui détournent mes taxes et vident mes greniers. Nuit et jour, vous vous prélassez à mes frais en toute impunité. Vous occupez mes chambres et prenez mes serviteurs pour les vôtres. Vous pressez ma mère à un nouveau mariage alors qu'elle n'a pas encore fait son deuil...

— Ah pardon ! Nobles conseillers, je ne peux me laisser accuser ainsi ! Le prince Télémaque répand partout la rumeur selon laquelle son palais abriterait des noceurs sans scrupule ! C'est répandre la honte sur ma maison et celle de nobles fils de famille arrivés en hâte des îles voisines pour protéger le trône d'Ulysse en son absence. La reine Pénélope était alors heureuse de nous voir monter la garde contre de possibles envahisseurs. À présent, le seigneur Télémaque dit à qui veut l'entendre que nous vidons ses greniers. Quelle honte ! Comme s'il n'était pas naturel que des sentinelles aient de quoi se nourrir ?

— Et de quoi boire, aussi, piqua Télémaque, car tes princes boivent beaucoup, au point que j'ai dû en enjamber plus d'un ce matin dans la cour qui ronflait encore.

Des rires passèrent dans l'assistance, mais prudemment étouffés pour ne pas exciter la colère des dangereux personnages. Antinoos pointa sur le prince un index menaçant.

— Ne pousse pas ton arrogance trop loin, jeune coq. Qui garde le trône sinon moi, Antinoos ? Sans ma présence et celle des autres princes, les Thessaliens auraient déjà rassemblé une flotte pour nous envahir.

— Les Thessaliens n'ont jamais été une menace pour le peuple d'Ithaque. Ils ont été les alliés d'Ulysse à Troie.

— Je vois clair dans ton jeu, Télémaque. Ce ne sont pas des nouvelles que tu rapporteras de ton voyage si je te laisse faire, mais des mercenaires que tu auras soudoyés pour nous combattre. Voilà pourquoi, en ce qui me concerne, et en dépit de votre bénédiction, nobles sages, je m'oppose à ce que Télémaque quitte l'île.

— Mes seigneurs, tenta de les apaiser Mentor. Si Télémaque parvient à recueillir des nouvelles définitives sur le sort de son père, ces querelles seront bientôt sans objet et la succession sera ouverte...

— Elle est déjà ouverte ! objecta Antinoos.

— Nobles sages, j'accuse devant vous Antinoos de comploter contre ma mère et moi-même, éclata Télémaque. Il est l'ennemi et non le protecteur. Il aiguise déjà ses poignards.

— Cette fois, c'en est trop ! enragea Antinoos en pointant son javelot sur l'adolescent.

Un cri parcourut l'assistance, car Télémaque, désarmé, ne pouvait rien lui opposer, mais le soleil qui irradiait jusqu'alors la place fut soudain voilé par une ombre gigantesque.

Un froid glacial figea les environs et une bourrasque balaya le sable des rues comme paraissait un aigle immense aux ailes fauves. Il plongea droit sur Antinoos et le frôla de si près avec ses terribles serres que celui-ci, saisi de terreur, se retrouva sur les fesses. Le seigneur des oiseaux reprit promptement de l'altitude et, délivrant un long cri, il exécuta un cercle avant de disparaître vers les hauteurs. La lumière revint, mais non pas aussi claire qu'auparavant. Le peuple, effaré par l'apparition, préféra se disperser.

— Un prodige ! s'écria Égyptios, fasciné. Les dieux se sont exprimés et protègent le départ de notre prince.

Télémaque rajusta sa toge et s'approcha d'Antinoos qui s'époussetait piteusement en jetant vers le ciel des regards inquiets.

— Quand tu es venu la première fois, les bras chargés de cadeaux, et de belles promesses à la bouche, j'ai cru en ta parole, Antinoos, ainsi que ma mère. Nous n'avions pas idée de ce que tu tramais. Et voilà que pour un peu, tu me jetais ton javelot en public. Que les dieux m'entendent : à compter de ce jour, nous serons ennemis à jamais.

Sur ces paroles lourdes de rancœur, il reprit le chemin du palais.

Chapitre 26

Une flèche dans la brume

L'après-midi touchait à sa fin. Une brume argentée s'élevait de la mer pour ronger peu à peu le flanc des collines d'Ithaque. En peu de temps, la pente herbeuse disparut sous ces volutes froides et Pénélope dut ralentir le pas. Le chemin s'estompait de sorte qu'elle se sentit flotter sur un nuage, privée de repères. Comme si le soleil avait accéléré sa course, la pénombre noyait rapidement les environs. Le vent fraîchit. Pénélope craignait à présent que sa fugue n'ait été découverte. Qu'arriverait-il si les prétendants s'apercevaient de sa fugue et quel sort serait réservé à l'apprenti d'Eumée qui devait en ce moment se ronger les sangs dans ses appartements ?

La jeune reine pressa son allure, usant de toute son agilité pour ne pas trébucher sur les rochers coupants que lui masquaient les vapeurs marines. Celles-ci devinrent si épaisses qu'elle avança bientôt à tâtons, se fiant à son seul sens de l'orientation. Elle distingua enfin la masse sombre de la forêt et reprit un peu courage. Mais à peine pénétrait-elle sous le couvert des pins parasols qu'une silhouette massive se dressa soudain devant elle. Elle n'eut que le loisir de se rejeter en arrière pour échapper aux bras massifs qui tentaient de la saisir.

— Je t'ai attendue toute la journée, reine de mon cœur, lança l'homme. J'ai bien cru que tu avais pris un autre chemin...

Pénélope reconnut les épaules larges de Pancratos, sa barbe grasse et ses yeux renfoncés luisant de convoitise.

— Je te conseille de t'écarter de ma route, répliqua-t-elle sèchement.

— N'aie pas peur de moi. Je sais que tu ne m'as jamais vraiment regardé. Je peux même dire que tu m'as toujours méprisé.

— Tu te trompes, Pancratos, je n'ai jamais méprisé qui que ce soit parmi mes prétendants. Et tu gagneras d'autant plus mon estime que tu me raccompagneras jusqu'au palais en veillant sur ma sécurité.

— Tu es maligne... apprécia le guerrier. Tu attises tantôt l'un, tantôt l'autre, afin que nous nous jalousions mutuellement, mais ton art sur moi est sans effet. La pièce se termine, ma belle.

Il s'avança et la saisit aux épaules, la plaquant contre un rocher. Pénélope lut ses intentions dans ses yeux et le dégoût lui serra l'estomac. Elle se débattit telle une tigresse et parvint à s'arracher de son étreinte, mais Pancratos revint à la charge et la bloqua contre un rocher en jouant de sa masse, immisçant un genou entre ses cuisses. Il tendit ses lèvres lourdes pour lui prendre un baiser, mais Pénélope déroba son visage et repoussa son menton avec la paume d'une main. De l'autre, elle saisit le poignard logé sous son manteau et se dégagea vivement d'un revers de lame. Pancratos lâcha prise avec un cri de douleur autant que de surprise en considérant l'estafilade qui rougissait sa tunique.

— Sale garce! Fille de taverne! Tu vas regretter ça.

Rejetant ses cheveux dans son dos, Pénélope fléchit les jambes, prête à se défendre, sa lame triangulaire fermement pointée devant elle à hauteur de poitrine. La farouche détermination qui se lisait sur ses traits aurait éconduit un homme sensé, mais Pancratos était aveuglé par son désir brutal. Elle était ainsi plus à son goût que lorsqu'elle paraissait le soir au banquet, parée de ses atours étudiés. À son tour, il tomba en garde à la façon d'un lutteur.

— Oui, défends-toi... La rançon n'en sera que meilleure.

Il se ramassa sur ses fortes cuisses, ses larges mains en opposition et marcha droit devant lui. Pénélope le repoussa de son poignard, mais Pancratos finit par déjouer sa garde et bloqua son bras. Il la repoussa contre la pierre et cette fois l'obligea à lâcher son arme. Il pressa son corps tout entier contre le sien. Pénélope grimaça, cherchant désespérément à lui échapper.

— Je vais devenir ton roi, murmura Pancratos à son oreille.

À cet instant, un sifflement strident déchira le silence, suivi d'un choc sourd. Pancratos se raidit brusquement, ouvrant des yeux terrifiés. Il tournoya sur lui-même, comme s'il cherchait à se gratter le dos... avant de s'abattre lourdement face contre terre, les yeux révulsés. Pénélope réprima un hoquet : une flèche sortait entre les omoplates de son ravisseur, juste derrière le cœur. Un bruit léger de course alerta la jeune femme. Un homme gravissait lestement la pente dans sa direction, un arc à la main. Son allure, ses cheveux longs, ses cuisses galbées, elle crut un instant... Son cœur s'enflamma avec une telle violence qu'elle en aurait défailli.

— Uly...
— Ma reine, tu n'as rien ? lança Eurymaque.

Elle reconnut soudain l'ami d'Antinoos, le prince qui préférait les livres aux joutes brutales et elle fut incapable de lui répondre. L'espace d'un instant, elle avait cru reconnaître son époux tant la ressemblance était frappante à distance. À présent qu'il était tout près d'elle, s'agenouillant auprès du corps de Pancratos, elle se demanda quelle illusion maligne avait pu l'abuser ainsi. Eurymaque était bien moins grand, moins beau et musclé qu'Ulysse, mais son regard clair reflétait la même ardeur. À peine s'il s'attarda sur le cadavre et, ramassant le poignard abandonné, le lui rendit respectueusement.

— Cet ours n'a eu que ce qu'il méritait, mais crois-moi, mieux vaut ne souffler mot à personne de cet accident. J'inventerai une histoire. Je prétendrai que Pancratos est retourné chez lui et personne ne cherchera à en apprendre davantage. Ils seront trop heureux d'en être débarrassés.

Pénélope acquiesça, recouvrant difficilement ses esprits.

— Merci, noble prince. Tu es arrivé juste à temps.

— Je m'inquiétais pour toi quand j'ai compris que la personne dans tes appartements n'était autre qu'un jeune homme n'ayant qu'une lointaine ressemblance avec toi. Oh, sois sans crainte, je n'ai rien dit. Simplement, cet apprenti n'a pas été long à cracher la vérité et j'ai alors compris pourquoi Pancratos s'était éloigné du palais comme un voleur. J'ai pensé à un piège, et je n'ai pas eu tort. Il faut rentrer, à présent. Le crépuscule est déjà là et on va te chercher...

Eurymaque tira rapidement le cadavre de son ancien compagnon sous le rocher et le recouvrit avec des branches et des brindilles, puis, sans la moindre émotion, il prit la reine par le bras et l'entraîna vers le village...

Chapitre 27

Sans un adieu

Tout l'après-midi, Télémaque avait marché de long en large en attendant le retour de sa mère. À présent que les premières ombres de la nuit glissaient de la montagne, il se rongeait les sangs, partagé entre l'inquiétude à son sujet et l'impatience de son départ. Il avait bien vite découvert la supercherie au retour de l'agora, quand il avait surpris l'apprenti d'Eumée dévorant des fruits dans les appartements de la reine. Il avait appris de lui ce qu'il y avait à savoir et l'avait prestement renvoyé, craignant que les prétendants ne lui réservent un mauvais sort. Était-il le seul à avoir découvert la fugue de la reine, il n'en était pas si sûr : il avait aperçu Eurymaque rôder dans les couloirs, avec son air distrait et son sourire bienveillant. Par chance, ce n'était pas le plus hostile des prétendants, du moins le supposait-il...

Le prince interrompit soudain ses allées et venues. Il ne pouvait plus retarder sa décision car l'heure de la marée approchait et Mentès ne l'attendrait pas. La mort dans l'âme, il se défit de ses vêtements d'apparat pour enfiler une tunique plus rugueuse. Il laça de fortes sandales de cuir avant d'enfiler une armure sombre, celle des seigneurs achéens que son père lui avait fait faire, et dont il n'avait jamais eu l'usage. Il chancela d'abord sous le poids du métal, puis, se reprenant bien vite, il sentit une force inconnue s'emparer de tout son être. L'enfant rieur qui partageait ses jeux de balle avec les gamins du village n'était plus, ni l'étudiant avide qui dévorait les livres scientifiques, ni l'étourneau frivole qui saluait les jeunes filles. Il venait de quitter un corps pour en habiter un autre, sous l'étreinte froide de ces armatures.

Il fixa son bouclier dorsal, ajusta son casque à cimier et ceignit pour la première fois de sa vie l'épée ondulée de ses ancêtres. Il choisit deux javelots parmi les plus maniables qui étaient alignés sur le râtelier puis enfila arc et carquois. Il achevait ses préparatifs quand les torchères tremblèrent sous l'effet d'un courant d'air. Il volta sèchement, pointant déjà sa lance... et retint son bras en reconnaissant la silhouette voûtée d'Euryclée, sanglée dans sa longue robe de jute, ses cheveux gris vrillés en natte. Il lut dans ses yeux un mélange de calme et d'admiration, à croire qu'elle avait toujours su que pareil moment arriverait.

— Que veux-tu, nourrice?

— C'est décidé? Tu suis ce marchand?

— Je vais à la recherche de mon père. Tu salueras ma mère de ma part. Elle est partie chez Laërte en cachette et je ne peux l'attendre plus longtemps.

Il déposa un baiser sur le front ridé. La vieille femme le retint avec force par le bras.

— Je t'en conjure, prends garde, Télémaque... Les serviteurs ont curieusement négligé d'allumer les torches et l'obscurité pèse dans les couloirs. Si on voulait y tendre une embuscade, on ne s'y serait pas pris autrement. Quelle folie d'avoir révélé tes intentions à l'agora!

— Je n'avais que ce choix, de prendre le plus de monde à témoin. Je devais laisser le palais sous la protection officielle du conseil des anciens. C'est le moindre rempart que je puisse dresser en mon absence.

— Les anciens ne te seront d'aucune aide. Dès que tu auras le dos tourné, ils repartiront se terrer comme des rats.

— J'avoue m'être trompé. Je pensais qu'Antinoos et les autres seraient trop heureux de se débarrasser de moi. À présent, il est trop tard pour reculer.

— Ils ne te laisseront pas quitter le palais vivant. Ils ont bien trop peur que tu ramènes des mercenaires, ou pire, ton père...

— C'est ce que nous verrons! rétorqua Télémaque, qui sous son armure se sentait prêt à affronter une armée entière.

— Songe à ce qu'Ulysse t'a enseigné, conseilla la vieille femme, n'attaque pas de front un ennemi supérieur. Il existe des passages secrets dont ta mère elle-même ignore l'existence...

Télémaque dévisagea sa nourrice avec curiosité.

— Des passages secrets? Ici? Comment les connais-tu?

Un voile de tristesse mouilla les yeux d'Euryclée.

— La maîtresse du roi connaît le chemin qui conduit à la couche de son seigneur, répondit-elle. Oh, non, non, il ne s'agit pas de ton père, pauvre de moi! (L'idée même de cette confusion fit monter le rouge à ses joues.) Mais de ton grand-père, Laërte. Quand j'étais jeune, je me glissais dans ses appartements le soir venu. Nous nous aimions dans le temps, à l'insu de ta grand-mère...

— Euryclée? Toi? s'exclama Télémaque, estomaqué.

— Oh, ne fais pas cette tête! Tu as l'âge de parader dans cette armure, tu as donc celui d'entendre les choses de la vie. J'avais ton âge et j'étais belle, ma foi!

En dépit de la situation, Télémaque s'amusa de cette confidence. Il se rappelait cette vieille rumeur qui courait depuis son enfance, selon laquelle son grand-père au sommet de son règne avait ramené d'une expédition lointaine cette Euryclée aux cheveux noirs et lisses, pour laquelle il avait toujours montré tant d'égards...

— Allons, suis-moi, intima-t-elle, et ne pose plus de questions...

La nourrice glissa un œil au-dehors et, en dépit de son âge, elle se glissa tel un chat dans le corridor pénétré d'ombres. Télémaque marchait sur ses talons, étouffant le bruit de ses armes, l'œil aux aguets. Il se laissa conduire dans l'aile la plus ancienne du manoir que n'occupaient plus désormais que les chambrières. Elle s'arrêta devant une tapisserie ancienne derrière laquelle elle chercha à tâtons un mécanisme dissimulé sous un moellon. Aussitôt, le pan de maçonnerie s'entrebâilla, révélant la spirale d'un escalier de pierre d'où s'exhala une âcre odeur d'humidité. Télémaque eut un mouvement de recul.

— Ton grand-père occupait ces appartements, autrefois, se souvint la nourrice avec émotion, avant qu'Ulysse décide d'agrandir le palais pour emménager à l'autre bout. J'ignorais qu'un jour ce serait toi qui aurais l'usage de cette entrée... Elle mène derrière la boutique d'Épéios, le maître charpentier. De là, cours au port et que les dieux te protègent, mon cher enfant!

Sur ces paroles, elle tendit sa torche au jeune homme et le poussa presque dans le passage avant de refermer le mur sur lui. Télémaque se retrouva seul, le cœur battant. Plus question d'hésiter. Il descendit rapidement l'étroit conduit. À un moment, il s'arrêta, convaincu d'avoir entendu des conversations étouffées et des cliquetis d'armes de l'autre côté du mur. Mais, vite, il reprit son avance, pointant sa flamme devant lui. Les marches débouchèrent sur une galerie ancienne nervurée de racines. La voûte en était si basse qu'il dut courber les épaules pour s'y glisser. Il atteignit une porte ronde dont il dégagea les poutres. Elle n'avait pas été utilisée depuis des lustres et il fallut plusieurs coups d'épaule pour vaincre sa résistance. Le prince émergea sous une cascade de vignes serpentines et aperçut la cour du maître charpentier Épéios. L'épouse de ce dernier, lasse d'attendre le retour de la guerre de son mari, avait mis un jeune apprenti dans son lit, avec lequel elle faisait prospérer l'entreprise.

Télémaque enjamba les piles de madriers avant de bondir par-dessus le muret. Il retomba de l'autre côté en fléchissant les jarrets. Il reconnut la ruelle, dont les méandres filaient vers le port. Un silence inquiétant baignait le village balayé par le vent. Le prince reprit plusieurs fois son souffle, à la façon des coureurs aux jeux d'Athènes, ainsi que l'aède Phémios le lui racontait souvent, et d'une foulée souple, il s'élança à travers le dédale des rues pentues...

— Antinoos! Antinoos! Où es-tu?

Mélantho avait surgi au détour de la galerie, et mettant sa main en porte-voix, appelait fiévreusement dans l'obscurité. Presque aussitôt, l'imposante silhouette du chef des prétendants émergea de derrière une tenture pourpre. Il avait choisi la croisée des deux ailes du palais pour tendre son embuscade avec ses compagnons Néomion et Léocrite, et veillé à ce que les torches restent éteintes. Quand il s'avança vers la fille, blême et l'épée au poing, Mélantho ne put s'empêcher de frissonner de tout son corps, tant il incarnait l'image de l'assassin prêt à passer à l'acte.

— Qu'est-ce que tu veux, fille ? la tança-t-il. Tu n'es pas folle de venir ici ?

— Je te cherche partout !

— Tu m'as trouvé. Parle et file.

— Si c'est Télémaque que tu attends, tu l'attendras longtemps encore. Il s'est enfui du palais par un passage dérobé que lui a montré la vieille Euryclée. Je les ai surpris il y a un instant à peine. Je crois qu'ils ne m'ont pas vue.

— Un passage ? se raidit le prince. Ce maudit palais réserve encore des surprises, on dirait.

Antinoos mit son pouce et son index sur le bord de ses lèvres et émit un sifflement. Aussitôt, ses deux acolytes dissimulés dans un refend obscur émergèrent aussitôt.

— Télémaque a deviné nos intentions, annonça Antinoos. Il est déjà dehors. Peu importe, nous savons où il va.

— Et nos amis le cueilleront au passage, souligna Léocrite.

— Il ne doit jamais embarquer sur ce navire ! Suivez-moi !

— À quoi bon, Antinoos ? fit Néomion. Laisse filer cet avorton et nous aurons les coudées franches en son absence. Lui parti, la reine deviendra plus vulnérable.

— Sûrement pas, rétorqua le prétendant. Si l'avorton comme tu dis atteint Pylos ou Sparte, tu verras si à chaudes larmes il n'arrivera pas à convaincre Nestor ou Ménélas de lui prêter de bons navires remplis de mercenaires entraînés. Je connais mon Télémaque, je lui ai fait boire ses premières rasades de vin !

— De force ! souligna malicieusement Mélantho.

— Et toi, as-tu vu le seigneur Eurymaque ? s'enquit Antinoos.

— Il est parti chasser dans la montagne ce matin et depuis je ne l'ai plus revu, assura la servante. Quelle importance ?

— Chasser ? Notre poète à la belle cuisse ? Ce n'est pas dans ses habitudes. Tant pis pour lui, il ratera le meilleur. Vous autres, avec moi !

Les trois criminels dévalèrent les escaliers et, à leur passage, des complices postés plus bas leur emboîtèrent le pas, comprenant que les plans avaient changé. C'est une dizaine d'hommes entraînés, vêtus de manteaux sombres et armés de javelots, qui se ruèrent au-dehors, telle une meute de loups, et se répandirent parmi les ruelles.

Pendant ce temps, le fils d'Ulysse bondissait dans un étroit goulet menant au port. Malgré le poids de son armure, il enjambait les établis et les charrettes abandonnés dans le passage avec l'agilité d'un daim. Comme il jetait un œil par-dessus son épaule, il aperçut soudain ses poursuivants qui accouraient par des passages parallèles. Il enragea de voir sa fuite déjà éventée et, serrant les dents, il redoubla d'efforts. Il virait telle une flamme entre les maisons blanches, s'engouffrant par les tortueux escaliers et sautant par-dessus les murets.

Il atteignit les premières masures de pêcheurs et distingua dans la pénombre deux prétendants qui somnolaient, avachis sur les barcasses retournées. Sans doute avaient-ils été sommés de faire le guet mais, cédant à leur ivrognerie coutumière, ils cuvaient à présent le vin qui les avait réchauffés. Sans ralentir sa foulée, Télémaque tira son épée et, passant entre eux, trancha les cordes qui retenaient les filets de pêche au séchage. Avant que les princes éméchés aient compris le stratagème, ils s'affalaient sous le poids des mailles en se débattant tels des poissons pris au piège. Télémaque se félicitait de son coup de maître quand il éprouva un choc rude entre ses omoplates, pareil à un coup de poing, qui manqua le faire s'étaler. Son bouclier dorsal venait de détourner la pointe d'un javelot. Le prince sentit son sang se glacer. C'était une pluie de lances qui s'abattait maintenant sur lui, qu'il ne sut comment éviter. Il courut toutefois en zigzag, la tête rentrée dans les épaules.

La meute des prétendants s'était regroupée sur ses talons à moins d'une vingtaine de pas derrière lui et faisait parler son adresse. Courbant l'échine, le fils d'Ulysse obliqua vers la jetée, alors que le métal ennemi provoquait des étincelles en rebondissant sur son armure. Il avait à présent le vaisseau de Mentès dans son champ de vision, auréolé d'une brume surnaturelle. Il gravit le bref escalier de pierre qui débouchait sur le quai, tout en ôtant son arc. En haut des marches, il plia le genou et encocha une flèche. Celle-ci vrilla la brume avec une précision ciselée par l'entraînement et l'un des poursuivants fut coupé net dans son élan et s'effondra, sérieusement blessé. Cette riposte eut le don d'ulcérer Antinoos qui releva cyniquement son capuchon et tendit le poing vers son jeune adversaire. Déjà, Télémaque avait réarmé et relâchait la corde. Les prétendants se dispersèrent, conscients d'offrir une trop belle cible à cet archer. Ils répondirent par de nouveaux javelots, qui étaient trop lointains pour être dangereux.

«À la guerre, quand deux ennemis se trouvent à cinquante pas, l'archer l'emporte toujours sur le fantassin.» Ces paroles d'Ulysse résonnèrent aux oreilles du prince comme si elles lui avaient été murmurées. Conscients de se heurter à une résistance plus forte que prévue, Antinoos et les siens n'avançaient plus qu'à pas comptés et en désordre. Télémaque attendit l'instant propice, puis, se redressant vivement, il se remit à courir vers le vaisseau. À cet instant, ce dernier déplia sa voilure sombre avec un bruit de tonnerre. Télémaque aperçut le marchand dressé à la poupe, bras croisés sous son manteau oriental, qui semblait observer paisiblement la scène.

— Attends! lui cria le fils d'Ulysse. Ne pars pas!

Derrière lui, les prétendants un instant abasourdis avaient recouvré leurs sens et repris la chasse. Des épées scintillèrent. Alourdi par son harnachement, Télémaque piocha dans ses dernières forces. S'il se retrouvait acculé à l'extrémité de la jetée sans pouvoir embarquer, il savait son sort scellé. Alors même que le vaisseau s'éloignait du ponton, il franchit les derniers mètres qui l'en séparaient et sauta dans le vide. Il se rétablit de justesse sur le pont du navire, en roulant lourdement dans un bruit de ferraille. Il resta un instant sans bouger, à grimacer et reprendre son souffle, avant de se relever sur un coude. La jetée se fondait déjà dans le brouillard et il aperçut les silhouettes impuissantes d'Antinoos et de ses complices qui s'agitaient et pestaient en vain. Un rire nerveux lui monta aux lèvres, qu'il réprima sur-le-champ quand la longue figure de Mentès se pencha vers lui, ses yeux luisants comme des braises.

— J'ai failli attendre! lâcha l'homme de Thalos.

Euryclée patientait sur l'arrière du palais, une torche à la main, surveillant le bas de la ruelle à s'en user les yeux. La nuit était là et Pénélope n'était toujours pas de retour. Comme s'il ne suffisait pas que Télémaque fût au même instant la cible de ses ennemis! Tout à son inquiétude, elle n'entendit pas la perfide Mélantho se glisser dans son dos.

— Qu'attends-tu, la vieille? Qui sait si la reine rentrera, à présent? Il fait bien noir...

— Toi la vipère, répliqua Euryclée, tu peux bien rêver du trône. Ce jour ne viendra pas.

— Qu'en sais-tu, horrible chouette? se vanta la belle servante. À cette heure, Télémaque est probablement mort. Oui, oui... Je vous ai suivis tous les deux, jusqu'à cet ancien passage, derrière la tapisserie... Antinoos n'en aura fait qu'une bouchée. Adieu, héritier d'Ithaque! Un nouveau roi sera bientôt désigné. Alors tes heures seront comptées...

Euryclée avait trop d'expérience pour se laisser déstabiliser de la sorte et elle dévisagea sa cadette avec une compassion feinte :

— Aussi longtemps que la reine vivra, le trône ne sera pas vacant. Et j'ai confiance en Télémaque. Ce n'est pas ta bande de pourceaux qui en viendra à bout. Non, pour cela, il faudrait qu'ils viennent à bout d'un pouvoir bien plus grand que le sien...

— Tu parles des dieux? railla Mélantho. Comme s'ils observaient nos faits et gestes! Pauvre folle. Aucun dieu ne viendra en aide à ton jeune freluquet!

Sur ces paroles, Mélantho tourna les talons et regagna les cuisines.

À cet instant précis, Pénélope déboucha au coin de la rue, drapée dans son manteau souillé. Euryclée tressaillit en s'avisant qu'elle n'était pas seule. Un homme agile la précédait, un arc à la main, et à la faveur de ce maudit brouillard, elle crut un instant...

— Ulysse, mon enfant... murmura-t-elle.

En reconnaissant brusquement le prétendant Eurymaque, sa figure s'allongea et son cœur se serra.

— Que fait-il avec toi, ma reine? demanda-t-elle à Pénélope d'une voix tranchante.

— Ne dis rien! Je suis tombée dans un piège et le seigneur Eurymaque est venu à mon secours. Pancratos guettait mon retour... Il est mort.

Euryclée dévisagea Eurymaque et toute sa sagesse d'ancienne lui soufflait que ce beau visage à la noblesse si apparente, qui singeait presque celui d'Ulysse, recouvrait la traîtrise la plus vile. Mais pour l'heure, l'urgence était autre.

— Télémaque est parti, ma reine, annonça-t-elle sans ménagement.

Pénélope crut se sentir mal.

— Parti? Que veux-tu dire?

— Il ne pouvait attendre plus longtemps. Il s'est embarqué avec le marchand Mentès.

En cet instant, Euryclée n'avait aucune preuve de ce qu'elle avançait, seulement un sourd pressentiment que les dieux protégeaient son prince, et elle arbora un sourire méprisant à l'intention d'Eurymaque.

— Oui, il est en route vers Pylos et Sparte, et quand il reviendra, il rapportera de bonnes nouvelles, j'en suis sûre.

— Comment a-t-il osé? s'écria Pénélope avec colère, en arrachant la torche des mains de la nourrice. Sans m'en parler?

Elle rentra à l'intérieur du palais, traversa les cuisines et les corridors en coup de vent, son manteau formant une traîne sombre dans son sillage. Elle pénétra dans ses appartements et se rua sur la terrasse d'où elle pouvait embrasser la baie. À la faveur d'un rayon de lune, elle distingua le navire noir qui disparaissait à l'horizon dans un halo de brume. Alors son cœur de mère s'embrasa d'un chagrin inimaginable et elle dut prendre appui sur la rambarde pour ne pas chanceler de douleur.

Derrière elle, un pas léger effleura le dallage. Quelqu'un... Quelqu'un l'avait suivie dans son sanctuaire, dont personne hormis ses chambrières n'était autorisé à franchir le seuil. Quelqu'un, enfin...

— Euryclée ? s'enquit-elle d'une voix brisée tout en sachant qu'il ne pouvait s'agir d'elle.

— Non, ma reine, répondit doucement Eurymaque. C'est moi.

Il posa une main compatissante sur son épaule, et cette main chaude, ferme et virile, dispensa à la belle Pénélope un réconfort si profond qu'elle ne put s'empêcher de la retenir, de la cajoler et la serrer, tel un noyé se raccroche à une planche de salut.

— Mon fils est parti... murmura-t-elle d'un ton désolé. Sans un adieu.

Sa joue baignée de larmes roula sur cette main consolatrice et un sourire de triomphe vint aux lèvres du traître Eurymaque...

Continuez le voyage avec :

Odyssée II
Les Naufragés de Poséidon

Table des matières

1. Les intrus dans la cité 11
2. Les serpents de Cassandre 29
3. Le don d'Athéna 45
4. Une voix dans les hauteurs 53
5. Les Cavales 59
6. La tente d'Agamemnon 67
7. Vapeurs 83
8. Le cheval d'offrande 93
9. Le ver et le fruit 109
10. Le crépuscule de Troie 119
11. Dix mille scarabées noirs 129
12. Le temps de la colère 141
13. La statue de Poséidon 151
14. La malédiction des pierres noires 159
15. Appareillage 171
16. L'eau et le feu 187
17. Querelle en haut lieu 199
18. Les intrus du palais 219
19. Le marin aux voiles noires 229
20. Soupçons et intrigues 243
21. Fâcheuse découverte 253
22. Cœur de reine, cœur de mère 257

23. Substitution 277
24. L'ermite 287
25. Remous à l'agora 297
26. Une flèche dans la brume 311
27. Sans un adieu 317

L'auteur

Né en 1958 à Mont-de-Marsan, Michel Honaker est visité dès l'âge de huit ans par le démon de l'écriture. Écrivain d'intuition, musicien des mots comme il préfère se définir, il s'intéresse très tôt à des genres aussi différents que le policier, le fantastique et la science-fiction. Il publie son premier roman à vingt-deux ans et enchaînera alors près d'une soixantaine d'ouvrages marquant son goût pour l'occulte, le mystère, l'aventure, et bien entendu la musique classique, qui constitue son jardin secret.

Couronnés par de nombreux prix, des titres tels que *La Sorcière de midi*, *Le Prince d'Ébène*, *Croisière en meurtre majeur* et la série *Le Commandeur* sont devenus des classiques. Ses biographies de compositeurs – *La Symphonie du destin*, *Le Chant des aulnes* ou *Concerto pour un magicien* – ont permis à un large public de se familiariser avec la musique classique, tant il est vrai que Michel Honaker conjugue la plume avec l'archet.

L'illustrateur

Benjamin Carré est né en 1973 dans la région parisienne. Il est dessinateur et coloriste de bandes-dessinées. Il est également concept-designer dans des sociétés de jeux vidéo. Il travaille pour de nombreuses maisons d'édition.

Vivez au cœur de vos
passions

CASTOR POCHE

- Policier
- Humour
- Théâtre
- Aventure
- La vie en vrai
- Passion cheval
- Histoires d'ailleurs
- Voyage au temps de...
- Contes, Légendes et Récits

Finn et les pirates 1 n°997
Paul Thiès

Finn Mc Cloud est employé comme mousse sur le *Cordélia*, un navire en partance pour les États-Unis. Lors d'une escale au Brésil, il rencontre Anne, la plus belle fille du monde, mais aussi la plus dangereuse... Elle est en effet la fille d'un célèbre pirate. Avec ses amis, Sara et Miguel, elle a décidé de suivre les traces de son père... Finn se trouve entraîné dans leurs aventures...

Les années

avec **CASTOR POCHE**

Le petit chevalier à l'armure étincelante
Rod Stone

n°929

Il était une fois un petit garçon nommé Quentin qui se prenait pour un chevalier à l'armure étincelante… En fait, il n'avait pas vraiment d'armure, ni d'épée, ni de bouclier. Mais cela ne l'empêchait pas de consacrer son temps à tuer des dragons. Pour de faux, bien sûr ! Jusqu'au jour où la belle Emma arrive dans sa classe… Quentin a trouvé sa princesse !

Les années

avec **CASTOR POCHE**

La baie des requins
Daniel Vaxelaire

n°931

Bastien habite sur une île perdue au milieu de l'océan: la vie est douce, loin de la France et du roi louis... Jusqu'au jour où un cadavre est découvert dans le bureau de son père, que tout accuse. Ce coupable idéal semble arranger bien des gens, mais Bastien, lui, refuse une telle injustice! Il va se battre pour son père, aidé par une bande de pirates...

Les années

avec **CASTOR POCHE**

Charlie la Plume
Kate Pennington

n°1053

Angleterre, XVIIIe siècle.
Abandonné à la naissance, Charlie a grandi en battant le pavé. Depuis son plus jeune âge, il fréquente des crapules, et tout le destine à devenir un voleur de grand chemin. Mais à 14 ans, Charlie la Plume sait qu'il faut se méfier de tout le monde. Surtout lorsqu'on est le détenteur d'un lourd secret. Qui se cache derrière Charlie la Plume?

Les années

avec **CASTOR POCHE**

Course contre le Roi-Soleil
Anne-Sophie Silvestre

n°1012

Au château de Versailles, Monsieur Le Brun est prêt à dévoiler son nouveau chef-d'œuvre, le bassin d'Apollon. Toute la cour est là... sauf le Roi-Soleil, qui est introuvable ! Philibert, le fils de l'artiste, décide de tout faire pour retrouver Louis XIV, tant que le soleil éclaire le bassin. Mais il faut faire vite ! Philibert se lance dans une course contre le soleil !

Les années

avec **CASTOR POCHE**

*Le château des Poulfenc
1. Les morsures de la nuit*
Brigitte Coppin

n°1074

Thomas, héritier de la noble lignée des Poulfenc, quitte le monastère où il a grandi pour devenir chevalier. Son frère est mort, il doit prendre sa suite. Au château, son oncle ne semble pas se réjouir de son retour... Les silences sont pesants et il se passe des choses étranges. Thoma sera-t-il capable d'affronter les sombres mystères de son passé? Le destin du château des Poulfenc repose entre ses mains...

Les années

avec **CASTOR POCHE**

Le Seigneur sans visage
Viviane Moore

n°993

Le jeune Michel de Gallardon fait son apprentissage de chevalier au château de la Roche-Guyon. Une série de meurtres vient bientôt perturber la quiétude des lieux. La belle Morgane, semble en danger... Prêt à tout pour la protéger, Michel fait le serment de percer le secret du seigneur sans visage... Mais la vérité n'est pas toujours belle à voir...

Les années

avec **CASTOR POCHE**

Aliénor d'Aquitaine
Brigitte Coppin

n°641

1137. Aliénor, âgée de 15 ans, quitte sa chère Aquitaine pour épouser le roi de France et devenir reine. Elle entre à Paris sous les cris de joie et les gerbes de fleurs, mais très vite, sa vie royale l'ennuie. Entre une belle-mère autoritaire et un mari trop timide, Aliénor ne parvient pas à assouvir ses rêves de pouvoir et sa soif d'aventures.

Les années

avec **CASTOR POCHE**

Cet
ouvrage,
le mille quatre-vingt quatrième
de la collection
CASTOR POCHE
a été achevé d'imprimer
sur les presses de l'imprimerie
Maury-Imprimeur
Malesherbes - France
en avril 2009

Dépôt légal : juin 2009
N° d'édition : L.01EJEN000276.N001
Imprimé en France
ISSN : 0763-4497
Loi N° 49-956 du 16 juillet 1949
sur les publications destinées à la jeunesse